U0113999

语言探秘

我们如何学习认识语言

[美] 唐娜 · 乔 · 纳波利（Donna Jo Napoli）
[美] 薇拉 · 李-舍恩菲尔德（Vera Lee-Schoenfeld）/著
王春　方颢/译

Language Matters

華夏出版社
HUAXIA PUBLISHING HOUSE

图书在版编目（CIP）数据

语言探秘：我们如何学习认识语言 /（美）唐娜·乔·纳波利（Donna Jo Napoli），（美）薇拉·李－舍恩菲尔德（Vera Lee-Schoenfeld）著；王春，方颢译．-- 北京：华夏出版社有限公司，2022.10

书名原文：Language Matters：A Guide to Everyday Questions About Language

ISBN 978-7-5222-0382-9

Ⅰ．①语… Ⅱ．①唐… ②薇… ③王… ④方… Ⅲ．①语言学－研究 Ⅳ．①H0

中国版本图书馆 CIP 数据核字（2022）第 135550 号

语言探秘：我们如何学习认识语言

著　　者　[美] 唐娜·乔·纳波利　[美] 薇拉·李－舍恩菲尔德
译　　者　王　春　方　颢
责任编辑　黄　欣

出版发行　华夏出版社有限公司
经　　销　新华书店
印　　刷　三河市少明印务有限公司
装　　订　三河市少明印务有限公司
版　　次　2022 年 10 月北京第 1 版
　　　　　2022 年 10 月北京第 1 次印刷
开　　本　720mm × 1000mm　1/16
印　　张　14.25
字　　数　177 千字
定　　价　59.00 元

华夏出版社有限公司　地址：北京市东直门外香河园北里 4 号　邮编：100028
网址：www.hxph.com.cn　电话：（010）64618981

若发现本版图书有印装质量问题，请与我社营销中心联系调换。

前　言

本书的两位作者，一位从 1973 年起从事语言学教学，另一位从 1998 年起教授语言及语言学。日常生活中，记者、朋友和那些我们碰巧与之交谈过的人，会提出各种与他们的身份相关的问题，这些问题涉及各个领域，并且经常会暴露出对于语言的误解。我们与他人的日常交流主要依靠语言，因此，语言方面可能出现的问题和使用语言的场合一样多种多样，下面是一些例子：

我们怎样才能阻止孩子们使用糟糕的语法？

我们为什么不改革英语拼写，使单词的拼写和口语完全一致？

为什么有些语言比其他语言难学得多？

第一个问题本身就有问题，因为语法是好还是坏，这个概念本身就有问题。要如何确定谁的语法好、谁的语法不好呢？无论如何，语言在代际传递的过程中都会发生变化，而变化其实很简单——既不是进步，也不是退化，就只是变化。第二个问题建立在“我们都用相同的方式发音”的假设上。但即使在美国国内，这个假设也不成立，尤其是当我们观察加拿大、英国、印度、澳大利亚、尼日利亚等以英语作为官方语言之一的国家时，这种假设的错误更是显而易见。第三个问题也是建立在一个错误假设的基础上。据我们所知，世界各地的儿童都能很容易地学会周围人的口语，而世界各地的听力言语残疾儿童接触手语时，也能很容易地学会当地的手语。因此，将一种语言视为天然困难或天然简单，可能毫无意义（不过，我们有一位同事在研究纳瓦霍语，这种语言的复杂性让我们对这个结论有点怀疑，所以我们用“可能没有”而不是“确实没有”来陈述这个结论。当语言学家得出这一结论时，他们可能无意识地忽略了纳瓦霍语）。另一方面，确实存在一种情况，说甲这种语言的人比说乙这种语言的人，在成年后学习丙这种语言的难度要更大。当我们学习一种新的语言时，就是在把自己所了解的关于语言的信息从一种语言转移到另一种语言，这很可能会影响我们学习另一种语言的难易程度。然而，如果我们对一种语言一点都不了解，如丁语言，那么对于说其他语言的人来说，成年后学习丁语言的难度更大。

有时，当遇到有关语言的问题时，我们对于特定语言和语言学规则、本质的知识，能够帮助我们解答。如果这些问题是关于语言如何产生和处理信息的，或者是关于特定的社会语言学事实，例如地域间语言模式的差异，那么上述结论尤其正确。但让我们惊讶的是，如果有人花时间认真地去思考语言的使用，就会发现，这些问题被回答的频率竟然这么高。普通人都能掌握大量的语言知识，如果他们能运用常识去分析语言，就能破除许多常见的误解。

然而，大多数人几乎都不知道如何处理语言问题。如果你想以正规的方式学习语言，我们支持你拿起一本语言学教科书，或者学习一门语言学课程。但如果你想学习如何看待语言问题，以便在日常生活中对语言做出明智和负责任的决定，那么，这本书将会对你有所帮助。

这本书有两位作者，我们是这样分工的：每一章都由一位作者来牵头负责。所以，本书各章中出现的“我”，有时指的是两位作者中的一个人，有时指的是另一个人。

本书的所有章节共分为两部分：第一部分论述语言是人类的能力，第二部分论述社会语境下的语言。在本书的末尾，列出了本书各章的扩展阅读资料，供读者进一步参考。每章末尾还列出本章的关键词，以便读者利用搜索引擎上网搜索。本书提供的另一个很棒的资源，是由美国语言学会建立的关于语言的视频网站：http://www.uga.edu/lsava/Archive.html。

本书各章节的内容能让你了解处理语言的方法。它们会帮助你发现那些语言问题背后的假设，以便你评估。它们可以帮助你认识到，在语言问题上，哪些事实属于支持证据，哪些问题属于反对证据。本书还协助整理了在系统和方法上健全证据的方式。虽然本书只讨论了语言方面的 15 个问题，但我们希望，读完这些章节，你能够对如何系统地研究其他语言问题有所了解。

语言学是一个有理性的人可以并且确实会有分歧的领域。但在这本书中，我们很少模棱两可（因为我们是语言学家，不是政治家）。但是，讨论是一步一步展开的，所以，如果你在这个过程中的任何阶段提出反对意见，你都可以由此发散并找到属于你自己的答案，不过至少你能知道我们的立场和理由。

致 谢

我们在本书第一版的写作过程中得到了很多人的指导，在新书付梓之际表示感谢。此外，我们还要感谢过去和现在所有的学生和同事，以及牛津大学出版社的语言学编辑彼得·欧林和他的团队成员布莱恩·赫利、布莱恩·德斯蒙德，本次修订工作正是在他们的指导下完成的。

目录
CONTENTS

第一部分　语言：人类的能力
Language: The Human Ability

第二部分　社会语言
Language in Society

第一部分 语言：人类的能力
Language: The Human Ability

第一章

我们是如何学习语言的？

How do we acquire language?

我们是如何学习并掌握某种语言的？这个问题很难回答，因为尽管我们都经历过这个过程，但是早已不记得自己是如何做的了。语言的习得，始于子宫中胎儿对声音的聆听，而人类的记忆不可能追溯到那个时候。

尽管如此，很多人仍尝试给出一个答案——既然我们掌握了一门语言，那就一定会了解学习它的过程。但，这是真的吗？人体会代谢糖分，可除非你学过相关的化学知识，否则不会知道自己的身体是如何运转的。新陈代谢是自然而然的过程，我们的身体自动就这么做了，学习语言也是如此。

有一种常见的误解是：孩子需要通过教育来学习语言。但事实上，获得语言的能力也是自然而然的——正如人体对糖分的代谢。不需要别人告诉我们该怎么做，我们的大脑就自发地学会了。本章将列举一些重要的事实来证明这一点。

在绝大多数情况下，我们能从日常语言交流中找到大量证据来验证语言系统是如何运作的。本书的一个目标就是帮助你认识到生活中这些证据的存在。因此，我对引用读者无法接触到的资料有所顾虑。但是，那些不那么容易获得的资料往往对于解释问题非常有用，语言研究正是如此。接下来，我们将开始讨论一些有意思的案例——尽管你不大可能接触过它们，除非学过语言学。我们的目的是：找出那些能够影响语言习得的充分和 / 或必要条件。

让我们讨论一下这个观点：语言需要以一种明确而有意识的方式传授给孩子。这是一个伪命题。世界上有很多语言族群并不具备有意识的语言教育，但是他们对本族群语言的掌握与其他族群并无二致。比如在萨摩亚[①]，成年人不会把婴儿和年幼的孩童当作交谈对象，更不会认为自己有义务去培养孩子的说话方式，好让他们更容易掌握本族群的语言。与此相反，孩子们只会在无意间听见大人们的谈话，而大人们却从来不会听孩子们的交流。尽管儿童间的对话并不是当地族群语言的一部分，但这并不妨碍儿童习得族群语言。实际上，他们学习语言的速度与世界上其他地区的儿童是一致的。有目的的语言教育显然不是母语习得的必要条件。

关于这一现象，你也许会想到另外一种解释（我的学生们就经常这么想）：这些族群中的儿童一定是通过模仿来学习语言的，所以，也许模仿才是语言学习的充分条件。然而这种观点也是错误的。

在一些案例中，有些孩子从出生一直到青春期，都生活在一种言语匮乏的环境中。比如说，有一个被文字翔实记录的男孩，即所谓的“阿韦龙狼孩”[②]。1799 年，人们在法国南部阿韦龙的丛林中发现了一个小男孩。他的生活习性包括吃地上的食物、发出类似犬吠的声音。所有证据都表明，这个孩子是由野生动物抚养的。尚 · 马克 · 伊塔尔博士——一

① 萨摩亚是南太平洋上的一个群岛，位于夏威夷与新西兰之间。——译者注

② 阿韦龙为法国南部的一个省。——译者注

位曾经多次教会失聪儿童说话的教育家——花费了数年时间尝试教这个小男孩（阿韦龙狼孩并没有失聪）人类的语言，但到最后，男孩也仅能掌握很少的一部分词汇，更不用说使用更为复杂的语法来把这些词汇组织成句子。

另一个案例涉及对一个名叫吉妮的小女孩的研究，这个小女孩于1970年在洛杉矶被人发现。由于长达数年与世隔绝的囚禁，她的身体活动能力和语言沟通能力都极度匮乏。刚被发现的时候，她几乎无法独立行走，也不懂任何语言。许多专家花费数年时间来教吉妮说话，但她除了能将一些词语无规律地串联到一起之外，再无所成。到了中年，吉妮彻底不再说话，她的监护人也停止了对她的各种科学研究。

还有一些儿童（通常由那些品行败坏的恶人抚养长大），在语言学习方面从未获得任何帮助。其他成年人（通常是研究人员）不得不一再教这些孩子模仿，以此培养他们的语言能力。然而模仿行为不能直接导致语言的习得，模仿本身并不是掌握语言的充分条件。

上述这些例子都较为极端。在现实生活中，大部分儿童能够接触到大量规范的语言表达，即使他们在语言上犯一些错误，也不会被父母明确纠正。另外，在学习语言的过程中，绝大多数儿童都进行了很多模仿练习。然而即便如此，在语言的掌握方面，外部的教学也不是必需的，而仅靠模仿行为本身也是不够的。显然，某种别的因素才更为关键，这正是生物学因素。

数十年前，伦敦和牛津的一些研究人员针对一个英国家庭展开了研究，这个家庭的所有成员普遍表现出罕见的遗传性语言障碍。最终，研究人员找到了另一个与这个家庭无关却患有同样严重的语言障碍的孩子。这直接导致他们在2001年发现一种关系到语言能力发展的基因，FOXP2。据此，我们对语言能力的研究毫无疑问地变成了一项生物学课题。在这一组基因的进化上，人类大约在 4.6 至 6.2 万年前就与黑猩猩和其他灵长类动物分道扬镳了。

过去半个世纪里，语言学家一直相信人类的大脑中存在某种控制语言的机制，这种组织机制能够协调涉及语言能力的各个方面，包括如何学习、处理以及创造语言。这一机制被认为很可能在生理上是由不连贯的部分构成的。这意味着控制语言能力的组织并不像肾脏、肝脏或者其他人体器官那样，是一个独立的整体。与之相反，语言机制的各个组成部分是由大脑的不同区域所控制的，这些不同的功能组合在一起，才产生了极为复杂的语言能力。对于阿韦龙狼孩和吉妮无法再学习语言的现象，有一种解释是：人类的语言机制在年幼时会发生一次重大的变化，在某一特定的时间点之后——比如说从五岁开始——我们学习母语的能力就会明显下降甚至彻底不复存在。然而，我们无法获知这一转变的临界时间，毕竟从道德的角度看，我们无法通过实验来找出答案。

来自语言能力受损及语言病理学的案例能够进一步证实语言机制的存在。众所周知，中风能够导致严重的失语症但不会降低人的智力水平。还有很多其他类型的脑损伤都可能带来语言障碍，尤其是当我们知道大脑受损的具体部位时，语言障碍的具体症状是能够预料的。举例来说，大脑的左半球前端受损会导致用词的连贯性以及把握句子结构的能力丧失。受此影响的病人说话不流畅，只能断断续续地说出短而间断的句子，这种症状被称作布洛卡失语症。而大脑左半球后半部分受损，则会引起对单词、话语的理解偏差，这种症状被称为韦尼克失语症。依此类推，整个左脑受损会引发全面失语症，所有上述症状均有可能发生。在这种情况下，控制语言机制的不同脑区分别受到了影响。

此外，某些特殊的病状也与先天性缺陷有关。例如，患有先天性脊柱裂的新生儿可能患有严重的智力发育迟缓。然而，与智力正常发育的同龄人一样，这些患病儿童能够清楚地描述想象中的事物（哪怕从未亲眼见过）。显然，在这个例子中，语言机制的运转完全独立，未受受损的智力水平影响。有一些儿童患有语言能力受损的先天性综合征，学名叫特定语言障碍（Specific Language Impairment，SLI）。这些儿童智力正常，在认知、情感、交际及行为等各个方面也没有缺陷，但他们在与语言能力相关的各种问题上陷入困境，往往难以理解语言，并且无法造出符合语法规则的句子。这个例子再一次表明，语言机制从病理学上看是独立于大脑其他功能的。

一旦我们相信语言机制会以某种具体的形式存在于大脑中，并随年龄的增长而变化，对于我们如何习得母语的研究就将变成一个生物学课题——与研究人体如何分解糖分一样——必须运用科学的研究方法进行解释。

接下来，我将提供一些我自己收集到的有关母语学习的资料以阐述观点。有些案例极为普通，另一些则不那么好找。尽管这些案例大多是些轶事，但实际上，每一个案例的背后都有着基于大量资料分析的研究。这些案例都是正常语言学习活动的典型代表，除非我另有说明。

让我们从新生儿的例子开始讨论。首先，请想象这样一个场景：一个刚从医院回来的婴儿正在外婆怀里不停地哇哇大哭。刚从佛罗里达州坐飞机过来的外婆正把婴儿抱在怀里，轻声细语地哄着，时不时还哼唱两句。这时，孩子的妈妈从门外走进来，一边穿过房间一边嘀咕着。一听到她的声音，婴儿的哭声就变成了吞咽声，当妈妈走到婴儿身边时，哭声就停止了。婴儿对什么产生了反应呢？当妈妈刚走进门时，她离得太远，婴儿还闻不到她的气味，而外婆抱孩子的方式让婴儿的眼睛只能看到外婆的脸颊和胸口。看来，这个婴儿分辨出了自己母亲的声音。

本章开始时，我曾提出，语言的习得始于子宫里胎儿对声音的聆听。

除了极少数先天性失聪的情况外，胎儿的听觉系统大约在七个月左右时逐渐成形。这时候的胎儿开始聆听来自子宫以外的世界的声音。所以，（听力正常的）新生儿辨识出母亲以及常伴母亲身边的人的声音，是很正常的现象。当然，刚出生的婴儿并没有学说话的自主意识，他们只是在倾听这个世界的各种声响——尽管他们已经能够分辨出与自己生活需要密切相关的那些声音。

接下来，我们来看另一个例子：我曾经在密歇根州安阿伯的一个韩国妇女俱乐部演讲。为了让自己的孩子仍然能懂韩语，这个俱乐部的韩国太太们每周六都让孩子去韩语学校学习。在演讲结束后，我的丈夫抱着我们四个月大的儿子罗伯特走了进来，随后我又把罗伯特抱给了一位韩国女士。在我去茶点区取三明治的时候，这位韩国女士用韩语对罗伯特说了些什么。其他女士进进出出，也都会围过去看看罗伯特，或是摸摸他的头发、拍拍他的后背。罗伯特欢快地左顾右盼，他的视线来回游走在这些女士、室内的家具以及灯光上（他喜欢灯光）。这时，我低声告诉一位茶点侍应，请她走到罗伯特那里，随便说点什么，她按照我的吩咐做了。当罗伯特听见她说话时，立刻将头转了过来，报以一个大大的笑脸，并开始咿呀学语。那位侍应说的是英语——她的母语，也是罗伯特在家里最常听到的语言。

从这一个例子就断定罗伯特能够区分英语和韩语未免有些草率。但是，一系列针对比罗伯特更小的婴儿的科学研究表明，母语为英语的孩童，能够从法语及其他语言中分辨出英语；反之亦然，母语为法语的婴儿能够区分法语和包括英语在内的其他语言。在这些研究中，婴儿能否辨识英语的标志是他们的眼睛活动是否增加、心跳速度是否加快。在实验室中得出的这些结论，可比我在生活中通过观察罗伯特是不是笑了或者发出咿咿呀呀的声音来判断他对不同语言的反应要精确多了。总而言之，从呱呱坠地伊始，婴儿就已经具备了从听到的各种杂音中分辨出对话尤其是以母语进行的对话的能力，他们已然走在了学习母语发声系统的道路上。

接下来我们看第三个例子：一位母亲抱着十个月大的宝宝走进卧室说："玛姬，想把灯打开吗？来，按一下这里。"玛姬张了张嘴，在妈妈的怀里扭了扭并伸手按了墙上的开关，屋里的吊灯亮了起来。"哈！"妈妈对宝宝说道，"你把灯打开了，真是个聪明的小姑娘！"

玛姬从她母亲的言语中捕捉到了"灯"这个词。回头看看她母亲说的那句话，其实对一个婴儿来说是很难理解的。这位母亲并不像其他人那样，在和孩子交流时喜欢使用儿语[①]。她并没有这么说话："宝贝，要不要开灯？灯，灯，看见那个吊灯了吗？"——反复地重复"灯"一词可能会给孩子一些暗示。这位母亲说的是普通的日常用语。然而，玛姬还是准确理解了妈妈的话，知道自己需要做些什么。实际上，有科学研究表明，在日常用语环境下成长的孩子，学习说话的速度与处在大量儿语环境下的孩子是一致的。

你可能不赞成我的分析，比如这个例子中，玛姬开灯的举动并不代表她真的听懂了"灯"这个词，很有可能把灯打开只是每天晚上的日常活动。玛姬不仅仅是受到了"灯"一词的驱使，其他某些因素也可能提示她进屋开灯的这个惯例（比如每天晚上洗完澡后进卧室时都会开灯）。即使妈妈什么也没有说，玛姬还是有可能伸手去按下开关。

对此，我鼓励你去验证自己的这一假设，去找一个和玛姬差不多大、喜欢按电灯开关的孩子，抱着孩子站在有电灯开关的那面墙旁边，但要注意背对而不是面对开关，以免你的意图太过明显。然后你让孩子把灯

① 儿语，俗称"妈妈语"，是指成人在与儿童说话时模仿孩子的说话方式，如抑扬顿挫、使用叠字，等等。——译者注

打开。我无法预测每个孩子会怎么做，但重点是，通过这种方法，能够验证你的假设是否正确。如果你想用科学的方法来回答“人类是如何学习语言的”这一问题，那么你首先需要设计一些能够被验证的假设，然后再想办法来检验这些假设。

毋庸置疑的是，婴幼儿的确能够准确地理解一些特定的词汇。对母语学习的研究表明，绝大多数孩子在一周岁左右开始蹦出简单的单词。在未满两岁的时候，大部分孩子就会进入一个双词语阶段，通常一个词会与某种物体有关，而另一个词以某种方式作用在该物体上。典型的短句包括：

More grape.①

All gone.②

Daddy shoe.③

Doggy good.④

在两岁半到三岁半的这个阶段，孩子的语言能力会有一个巨大的飞跃，他们开始说一些长句子，这些句子在结构和语法上的复杂程度不尽相同。这一阶段典型的表达方式包括：

What that girl doing? She get hurt.⑤

I wrote this. See? ⑥

Time to go. Put your shoes on. We got to hurry. ⑦

---

① 该句大意为“更多葡萄”。——译者注
② 该句大意为“大家都走了”。——译者注
③ 该句大意为“爸爸鞋”。——译者注
④ 该句大意为“狗狗好”。——译者注
⑤ 该句大意为“那个女孩在干什么？她会受伤的”。——译者注
⑥ 该句大意为“这是我写的，看到没？”。——译者注
⑦ 该句大意为“到点了，快穿鞋。我们得赶快走了”。——译者注

Let me do it, me, don’t help. [①]

You can’t talk. No. Don’t talk.[②]

Eva cry. Somebody hurt Eva. [③]

这个阶段的孩子有能力说出更复杂的句子。我的大女儿两岁七个月时，她的弟弟出生了。两周后的一天，她突然爬到我和我丈夫的床上，说道：

Nobody doesn’t love me no more. [④]

而在我的大儿子两岁四个月时，有一天，他从后院跑进屋子里对我说：

Oh, Mamma, somebody made cacca in my pants. [⑤]

大约在两岁的时候，儿童能够掌握上千个单词；差不多四岁时，他们开始明白语言的所有基本要素，尽管理解细节还需要更长时间。

上文我所阐述的这些关于单个词语阶段、双词语阶段以及最终整句阶段的普遍特征，都来自研究母语习得的文献资料。以我养育过五个孩子的经验来看，有些特征在我们家并不适用。我丈夫和我对所有孩子都只说日常用语而不说儿语。我们总会和他们说很多的话，读书唱歌给他们听。我们的孩子中，有两个大概在九个月的时候开始往外蹦单词，一个大概在六个月时就开始说话，还有一个女儿，伊娃，直到两岁前都不怎么说话。有一天，我们在给她读一本故事书的时候，她突然指着一只蝴蝶说：“Bubbafwy[⑥]。”我当时特别激动，把全家人都叫了

---

① 该句大意为“让我来吧，我自己就行，不用帮我”。——译者注
② 该句大意为“你别说话。不行。你不要说话”。——译者注
③ 该句大意为“伊娃哭了。有人把伊娃弄疼了”。——译者注
④ 该句大意为“没有人不再爱我了”。——译者注
⑤ 该句大意为“噢，妈妈，有人在我的裤子里拉便便”。——译者注
⑥ 蝴蝶的英语为 Butterfly，与“Bubbafwy”音近。——译者注

过来，想让她再说一次。可伊娃只是朝着我笑，却不再开口。她几乎没有再说过任何别的什么——直到她三岁的时候，在一个月之内，她突然就从一个单词一个单词地说话开始，先是变成了两个两个单词地说，到最后已经能够持续不间断地与人交谈。第三个孩子在学说话的时候完全把我搞晕了。如果我问他："尼克，你想喝点什么？"他就会回答我说"Awamih"，并且最后一个音节的语调降了下去，然后他就会伸手去抓牛奶。当他大概一岁半的时候，有一天，我决定用更直接的方法来帮助他学说话。我对他说："尼克，如果你想喝牛奶，那你必须回答我'牛奶'。"尼克抬着头诚恳地看着我，急切地回答道："Awamih。"我慢慢地大声说："牛奶，你得说'牛奶'。"尼克也会放慢语速大声重复"Awamih"。直到这一刻，我才突然明白了他在说什么，他其实是在说一个完整的句子"I want milk"[①]，而不是某个单词。我早就该从他发音时语调的变化中明白的。尼克从来没有经历过语言的单词语阶段、双词语阶段，而是直接跳到了整句的阶段。由于在这个年纪，他对英语发音的掌握还不是很熟练，所以才导致我没能理解他说的话。到他差不多两岁的时候，除了家里人没人能听懂他在说什么，但至少，我们终于能明白了。

在这里我并不是想说，研究人员提出的那几个阶段都是错的。我想说的是，学习语言的过程和小孩学习走路、跑步、跳跃一样，都是因人而异的。我们可以把那些具有普遍规律性的行为模式作为参考，但是我们（作为个体）很难预测，某一个特定的孩子会不会恰好在研究中预计的年龄段开始进入语言学习的特定阶段——尽管这些规律都已从大量重复实验中得到了数据支持。

---

① 该句大意为"我想喝牛奶"，"I want milk"的发音与"Awamih"相似。——译者注

当母语习得包含两种（或多种）而不是一种语言时，我们称之为双语或多语种教育。下文将提供一些材料及个人经验，带你了解这类语言教育有趣的一面。

尽管我的合作者的儿子尼克是在美国这个英语环境里长大的，母亲一直坚持用德语——她自己的母语——和尼克进行对话。因为尼克才刚刚两岁，还不到上幼儿园的年纪，生活中他所接触到的英语和德语差不多一样一半。父亲会和孩子说英语，此外，他们夫妻俩平时也是用英语交流的。但是，当只有我朋友和孩子两个人的时候，尼克绝大多数时候就只用德语和妈妈交流。当母子俩在空地上玩耍并且说德语时，其他孩子的保姆都会非常吃惊地说："哇哦，你在教他说德语！"虽然我的这位合作者对于坚持用双语来培养自己的孩子充满激情，并且对于别人对自己的孩子感兴趣而感到开心，但她始终觉得有必要解释，其实她没有刻意教尼克什么。就如同母语一样，只要孩子能接触到足够多的某种语言，学习的过程都是无意识的、自发掌握的——一门额外的语言也是如此，它并不是某种父母可以教给孩子的知识。与其说双语学习要求家长必须做一个好老师，倒不如说它更多地要求来自家长的承诺和严格自律：确保能够持续地与孩子用第二种语言交流，

不管家里的孩子生活在一种、两种还是多种语言的环境中，仅仅靠训斥孩子"不，别说 X，说 Y"是不可能纠正他们的语言表达的。我这位合作者的儿子尼克在大约二十五个月大的时候，总喜欢用英语来描述自己最喜欢的一项活动，"尼克在 drewing"。[①] 他母亲则会回答他说："是的，你在 drawing。Du malst。[②]"尽管尼克很可能会按照正确的语法重复

① drew 意为画画，是 draw 的过去时态。不同于中文，英语中的动词有现在时与过去时之分。此处正确的时态应为 drawing。显然，尼克的表达是不正确的。——译者注

② 德语，大意为"你在画画"。——译者注

一遍妈妈所说的句子，但是当类似的场景再出现时，哪怕只隔了一天甚至半天，他往往还是会说“我想要 drew 一些东西。”很明显，在尼克的词库中，动词“draw”的基本形式是以“drew”的形态储存的。这一点在尼克接触到足够多从“drew”切换到“draw”的表达之前都不会发生改变。像上文中的例子这样，偶尔几次用“draw”来纠正“drew”的用法是远远不够的，毕竟尼克在生活中也经常会听到“drew”这个单词。不管什么时候，只要尼克的爸爸妈妈以过去时态提及他画画这个爱好时都会说“drew”，所以一点儿也不奇怪，尼克需要一段时间才能区分出这个动词的不同时态：“draw”是一般现在时（原形），“drew”是过去时。

有一种常见的误解是，双语教育会给幼儿带来不必要的困扰并延缓他们学习语言的过程。尽管有一些调查报告表明，在熟练掌握母语方面，接受双语教育的孩子会比大部分只接触一种语言的孩子要多花一些时间，但是从长远来看，这种暂时的延缓并没有任何负面影响。相反，接受双语教育的孩子其实比只接受单语教育的孩子更有优势：他们在心理上更为灵活，也拥有更好的认知控制力。这种认知能力被认为会伴随他们整个成年期，并且能够将老年痴呆的发病时间推迟大约四年。除此之外，接受过双语教育的孩子即使置身于各种不同的文化氛围中也丝毫不会觉得拘束。更何况，很多在双语环境中长大的孩子学习语言的进程丝毫没有被延缓。比如尼克，很小的时候就能说一些简单的英语和德语。现在，在大约两岁一个月时，他开始尝试用一些完整的句子来表达自己的想法，并且经常能够做到。比如，就在写下这句话的几小时之前，妈妈开车带着小尼克出门，他们在路上讨论着刚刚看见的路边某个建筑工地上的汽车。妈妈用德语指出她刚刚没有看见通常工地上都会有的压路机。过了一小会儿，小尼克用德语回答道，“Ich habe doch die Walze gesehen”（我看见压路机了），每一个词都在正确的位置上，并且动词在句尾的变化也准确无误[1]。在这里我想说的是，不论接受双语还是单语教育，有的孩子就是比另一些更早说话。正如前文所述，儿童开始说话的时间跨度非常大。

然而，不论是一种还是多种语言，幼儿又是如何学会正确的语法的呢？来看前文中的一个句子，“More grape”。这句话的情境是午饭时孩子提出的一句请求。注意，说这句话的孩子并没有说“Grape more”，与上文列举的其他所有双词短句一样，在“More grape”这句话中，词语排列的顺序是正确的。你不妨去听听孩子间的对话，就会意识到他们几乎从来不会把词序搞乱——尽管他们接触到的各式各样的句子，会把许多相同的单词按照不同顺序组合在一起，甚至相同的单词可能会在不同的句子里以不同的先后顺序出现。比如这几句话：

I like **grape more** than orange. [2]

He's **gone all** the time. [3]

This is the **shoe Daddy** fixed. [4]

What a **good doggy**. [5]

这些粗体字的词语与先前所列举的双词短句，语序正好相反。显然，孩子们对单词的排序能力，并不能简单地用他们能接触到某种语言来解释。他们就是能用自己的母语将所有单词以正确的顺序组合起来，表达出他们想表达的含义。比如，对那些母语与英语截然不同的孩子来说（例如，一些语言中，有操作意味的词的位置在它所作用的对象之

---

① 德语中 gesehen 为 sehen 的过去时态，意为看见。与英语不同，德语中表达过去完成时的时候，真正的动词需要放在句尾，比如这句话中 gesehen 就应该出现在句末。——译者注

② 该句大意为“我喜欢葡萄多过橙子”。——译者注

③ 该句大意为“他走了好久了”。——译者注

④ 该句大意为“这只鞋是爸爸修好的”。——译者注

⑤ 该句大意为“多好的一只狗啊！”。——译者注

后。比如德语的从句中，动词就会出现在宾语之后。因此你会遇到德语的 Buch lesen 即“书读”，而不是正常英语语序的“读书”)，他们把单词组合到一起的顺序就与母语为英语的孩子截然相反——至少在特定的语境下是如此。也就是说，儿童能够依据一些没有人教过的抽象的语言学原理，将词语精准地组合起来。

与之类似的是，尽管儿童在刚开始说话的时候所说的句子都很简短，但是这些句子也是有结构的。比如，对应成年人会说的句子“When are you coming?”[①]，小孩子则会说“When?”或者“When come?”。但是他们绝对不会说“Are?”或者“When you?”。

显然，孩子说的短句并不是从大人说的句子中随便截取一部分。这些短句有自己的语法，并且这些儿童的语法还会逐渐发展丰富，直到符合成年人的语法规则。

事实上，即便是那些总是生活在不合语法的语言环境中的孩子，也能够掌握语法正确的语言表达方式。举例来说，有这么一个场景是很多人都曾遇到过的：第一代美国移民的子女最多只能接触到非常非常基本的英语。这些孩子经常听到父母说像这样的语法错误的句子，“Paper no come today”，但他们自己却能正确地表达，“The paper didn't come today ”[②]。相较于模仿父母的说话方式（通常是一个词一个词地将母语翻译成英语），这些孩子更倾向于使用他们从家庭以外的环境里听来的语言。他们向那些母语是英语的人学习有条理的语法，从他们所说的话中搜集并掌握英语的语法规则，而不是简单地向自己父母学习逻辑混乱的语法。

我们大多数人可能都没遇到过，但是却更加引人注目的一个现象是：父母只能说一点洋泾浜英语（这是一种不同语言背景的成年人凑

① 该句大意为“你什么时候来？”。——译者注
② 该句大意为“报纸今天没有送来”。——译者注

在一起时，为了交流不得不把所有他们会的零碎英语拼凑起来进行对话所创造的语言），他们的子女听到的都是些不符合正常语言逻辑的短句，但是孩子们仍然能够说出符合基本语法原理的句子：他们所说的是一种混合语言（洋泾浜语和克里奥语将会在第九章有更多讨论）。我们再一次看到，儿童在语言习得的过程中能够运用那些扎根于人类语言机能中的某些原理——语言学家称之为通用语法（universal grammar，UG）的、所有自然语言所共通的基本原理。

最后，让我们来研究一下在家庭生活中常出现的隐语（密语）。很多孩子如果有机会和别的孩子相处得足够久，他们就能发明出一套特殊的交流方式。这种情况很常见，虽然对大部分孩子来说，创造语言的这个游戏吸引力消失得非常快，以至于他们的密语在完全成型之前就已经被放弃了。但是，一些隐语偶尔也能大行其道。学术界有很多对这类语言的研究，比如对两个双胞胎之间交流方式的研究，还有一些研究着眼于家庭内部的手语。前者被称作双胞胎语，后者被定义为家庭手语。显然，不论是双胞胎语还是家庭手语，它们都符合自然语法，也就是所谓的通用语法。在前者的例子中，由于双胞胎也会用普通的群体语言与外人交流，所以有些人可能会说，那些双胞胎语言中所存在的通用语法其实是从群体语言那里继承的舶来品。但是，在一些使用家庭手语的案例中，那些儿童手语者无法接触到别的群体语言，因而也就无法往手语中添加任何非自发的外来元素。所以，即便接触不到任何群体语言，这些由儿童创造的手语依然是符合通用语法的。

总之，我们天生就能够自然而然地理解和掌握人类语言，不论是学习接触到的语言，还是学习那些运用我们与生俱来的通用语法所创造的语言，我们就这样以一种极其普通的方式学会了自己的母语。本章所有案例——包括来自不同文化背景、语言教育极度匮乏的孩子以及那些关于语言学习的生物学证据——都在佐证这一观点。更重要的是，不必借助、涉及晦涩深奥的数据以及冗长烦琐而又严谨的科学研究，我们仅靠科学地探讨一些有关儿童习得语言的案例，就可以得出这样的结论。

本章关键词

first language acquisition　母语习得

bilingual language acquisition　双语习得

innateness of language　语言天赋

第二章

什么是语言学？

What is linguistics?

在本书的序言中，我和我的合作者自我介绍是教授语言学的语言学家。对于那些对语言学的正规研究感兴趣的读者，我们也给出了一些语言学教科书作为参考。但是，语言学究竟是什么意思？什么才算是语言学的正规研究，而语言学家到底在做些什么？

当我带着两岁大的儿子在广场上玩耍时，我会与一些和善的陌生人聊天，有时他们会问我是做什么工作的。每当我说出是在斯沃斯莫尔学院教书时，他们都会两眼放光，紧接着问："你是教什么的？"可是当听到我的回答之后，通常只会有两种反应。一种是立刻追问："哇，好厉害，那你能说多少门语言？"还有一些人则一脸茫然。但总之，他们脸上挂着的热情而充满迟疑的微笑告诉我，语言学这个答案让他们有些困惑——尽管很努力地想要从我的回答中分析提炼出一些有用的信息，却徒劳无功。偶尔有一些比较勇敢的人会进一步让我解释："那么，你具体会教哪些课呢？"这可是一个很好的问题。

作为一个语言学家，你并不一定能够说很多门不同的语言。事实上，语言学家普遍希望能把"精通多门语言的人"与"语言学家"这两个概念截然分开——这是两个虽有交集却完全不同的概念。诚然，有些语言学家之所以步入这个领域，是因为他们掌握了一些毫不费力学会一门外语的诀窍，但并非人人都如此。另外，语言学家和语文学家也有明显的不同。后者的字面意思是指那些喜欢研究词语、发音以及逻辑的人，他们关注文章的修辞，解读古籍，并从历史的角度来研究语文（词语的起源及演变）。比起口语，书面文字才是他们更感兴趣的研究对象。而语言学家则更多地在与口语资料打交道，尽管文献研究也很重要，但是语言学家并不会在审阅古籍上过度投入。

回到"语言学家会说多少门语言"这个问题上来，根据我们的观察，语言学的学生通常以自己对母语的认知作为起点，来学习如何分解并分析语言。他们研究语言的各个方面，包括发声系统（如果这是一门可以对话的语言，如果是手语，则研究手势发音规则），发音规律（语音学和音韵学等），单词及句子结构（词法学及句法学等）以及句子演变的规则及段落大意（语义学及语用学等）。总之，他们的目标是推断出人类与生俱来的语言机制是如何工作的理论模型，换句话说，就是第一章所介绍的通用语法的主要原则。从一门语言（通常是班级里大多数学生的母语）入手，我们能够归纳出该语言的一些规则。这些规则都能被证实是语法准确的，并且在这些规则之下，不会产生不符合语法的句子。

当我提到语法正确的句子时，你可能想到的是一些符合下列规则的句子：

Don't end a sentence with a preposition! ①

Don't split infinitives! ②

---

① 该句大意为"不要把介词放在句子的末尾"。——译者注

② 该句大意为"不要把动词不定式拆开"。——译者注

Don't say "me" in subject or predicate nominative position, say "I"! ①

然而，这些规则并不是语言学家们所感兴趣的。这些只是孩子们在学校学习如何读写"恰当的"英语（参见第八章）时所接触的准则。所谓恰当的英语表达，是指适合在正式场合使用的英语类型，比如在面试或者论文写作时所用的语言，但这和语言学家所说的"语法正确的句子"是截然不同的概念。更确切地说，违背"恰当的"英语的表达规则，并不一定会导致句子语法错误。下面这几句话都是语法正确的，但都违反了先前提及的那几条规则：

That's the boy I'm going to the movies with. ②

It's better to carefully avoid splitting infinitives. ③

Who is it? – It's me. ④

在语言学家看来，基本上所有以母语交流的内容都会被认为是语法正确的。这些内容指的是那些能够用母语脱口而出并且不会犯非母语学习者常犯错误的句子。注意，相对于书面语言，语言学家更关注的是人们都用母语说了些什么。就书面语而言，尤其是在撰写正式信函、论文以及新闻报道的时候，我们会不自觉地倾向于遵守那些在学校里学到的规则。但是生活中我们听和说的机会要比写更多，而且如果仔细想想你就会发现，我们对口语的要求要比书面语低得多。所以，如果语言学家

① 该句大意为"不要在主语或是谓语性主语中使用宾格的'我'，要用主格的'我'"。——译者注

② 该句大意为"那是要和我一起去看电影的男孩"。在这句话中，介词"with"出现在句末，违反了上文列举的第一条规则。——译者注

③ 该句大意为"最好是小心地避免把动词不定式拆开"。在这句话中，动词不定式短语"to avoid"被"carefully"一词分开，违反了上文列举的第二条规则。——译者注

④ 该句大意为"谁在那儿？——是我"。在这句话中，"me"是宾格的我，这违反了上文列举的第三条规则。——译者注

想要深入了解那些根植在人类大脑中、有关精神方面（潜意识中）的语法规则，最好还是关注口语而不是书面语。

下面这几句话则是完全不符合语言学意义上的语法的句子。你能找出每句话中语法错误的地方吗？

*That's the boy I'm going to movies with.

*It's better to carefully avoid to split infinitives.

*Who it is? – It's me.

（加星号的这几句话都存在语法错误。）

在加星号的第一句话中，少了一个限定词（冠词）。当我们想要表达去电影院的意思时，我们会说“going to the movies”（而不是“going to movies”）。这里特指的是去电影院，如果只是泛泛地说看电影，不论是不是去电影院，我们都可以说“I like going to movies”[①]。在加星号的第二句话中，avoid 一词之后接的是介词 to 以及动词的非限定形式，而不是动词的 -ing 形式。在加星号的最后一个例句中，关于 who- 的那个句子语序是错的：it 和 is 应该反过来。直接问句的语法规则是，第一个动词（这里是 is）应该紧接在疑问词（这里为 who）之后。只有在类似“I don' t know who it is ”[②] 这样的嵌入性问句中，主语（这里的 it）才会紧接在疑问词之后。像这种语法规则，才是语言学家感兴趣的，这些规则都是以英语为母语的人会自动遵守并且很可能自己都不会意识到的；它们只是用来描述母语人士是如何说话的规则。而先前所提到的“恰当的”英语规则，通常以各种“不要……”开头，是规范性的，用于防止说话人脱口而出一些不合规矩的句子。为方便大家以某一门语言说出符合语法的句子，而由语言学家们所归纳总结出的规则，自然都是描述性

① 该句大意为“我喜欢看电影”。——译者注
② 该句大意为“我不知道那是谁”。——译者注

的——描述人们在日常生活中如何说话，而不是规范性的——告诉人们什么话不能说。

一旦我们能够针对自己的母语提出一套行之有效的理论假说，来解释这门语言背后的语法规则，我们就能够把这套理论与其他语言的语法规则进行对比，并尽可能地让这套理论更加通用。毕竟，人类天生就具备一套普遍适用的语法原则。当语言学的课堂讨论到了这个阶段，除了我们一直在分析的那门语言，学生们可以把他们对其他某门语言的理解拿来对比，甚至还可以去研究一门新的语言。每一个语言学家都知道国际音标（International Phonetic Alphabet，IPA）可以用来标示任何一门语言的发音，因而也能够被用来研究所有语言的发音。但是，如果语言学家想要深入了解一门尚未被记录在案的语言的发音规则，他们最好首先能够流利地掌握这门语言；所以，他们会花时间与以这门语言为母语的人相处，并记录下相关数据（例如录下当地人的对话）。这也是为什么大多数语言学家能够说一门以上的语言。对于语言学家，有一个问题可能比“你会说多少门语言？”更恰当：“你专门研究哪几门语言？”

再回到本章开头那个“语言学教授在课堂上教什么”的好问题上来，理论语言学的分支学科包括前文提及的几个重要的研究方向：语音学、音韵学、词法学、句法学、语义学以及语用学，这些基本上也是对应课程的名称。

例如，尽管人体可以发出相当多不同的声音，但是只有其中一小部分由声带（包括使用嘴、鼻子和咽喉）发出的声音会被当作语言来使用。并且，不同的语言会有不同（尽管大部分相近）的声音种类。关于一门语言如何发音的研究被称作发音语音学，而针对这些声音的物理特性展开的研究叫声学语音学。

一个单独的音通常不会独立出现在一句话中，而是会与别的音结合，并且自身形态会做出相应的改变。比如说，在美式英语中，单词 hot 有一个“t”的音，在国际音标中，这个单词以 [t] 结尾。但是当我们（这里指美国人，英国人的发音有所不同）说短语 hot air 时，那个 [t] 却消失了（你所听到的那个音被称作弹舌音）。对这些声音变化规则的研究称作音韵学。注意，这些音的变化并不仅仅包括性质上的改变（例如刚才这个例子中，[t] 变成了 [d]），还可能是音量上的改变。很多语言会区分辅音和 / 或元音的长短。对长短音的研究也是音韵学研究的一部分。此外，你还可以选一个元音，比如 [a]（“ah”的音）并且把它用高低不同甚至是有变化的音高唱出来。在一些语言中，音高（如现代希腊语）或者音调（如中文）有时候是用来区分两个不同词语的关键要素，而另一些语言中，重音会起到这样的作用（用不同的方法朗读下面这几个单词，你就能感觉到我说的是什么：convert，record，consort [①]）。所有这些因素都是音韵学的研究对象。

此外，单词并不只由声音单元所构成，还包括意义单元。举例来说，单词 unkindly [②] 由三个有意义的部分组成：un-、kind 以及 -ly，并且这几个部分必须按照上述顺序组合，我们不会用 lyunkind、kindlyun 或者其他方式排列。针对如何将单词的各个有意义的部分组合在一起的研究被称作词法学。一门语言中，组成单词的方法五花八门。在 unkindly 这个词中，我们使用的是联结的方法：一个前缀和一个后缀直接加到了词根 kind 的前后。然而，除此之外，还有许多种其他的方法可以构建一个单词。一门语言可以改变某个单词的发音，从而带来词义上的变化。这样的改变通常会带来意思相近的一组词语，例如，在英语

① 美式口音中，一般重音落在第一个音节时，单词作名词用；重音落在第二个音节时，该词作动词用。这里的几个单词都属于这种情况。例如，convert 重音在前时意为皈依者，重音落在“v”时意为转变、换算。——译者注

② 该词大意为“不大可能地”。——译者注

中的 blood / bleed [1] 这组词语中，元音的不同与这一对名词及动词的词义差异直接相关。在英语体系中，这样成对的词语相对较少，但是在其他一些语言中，这样的变化非常丰富（也就是说，是存在规律的）。所有针对语言是如何控制各个不同意义的单元组成单词的研究都属于词法学的范畴。

正如一个个音节并不是孤立存在的，词语通常也会出现在其他词语所组成的上下文中，很多单词组合在一起就构成了短语或句子。然而，并不是随便把几个词放在一起就能构成句子的。在英语中，我们一般会把动词放在主语和宾语中间；但是在日语（以及德语的从属子句）中，我们会把动词放在主语和宾语之后的句末；而在爱尔兰语中，我们会把动词放在句首，位于主语和宾语之前。研究如何把单词组织成短语或是句子的学科叫句法学。细心的读者可能会注意到，在我们对英语、日语（德语）及爱尔兰语的描述中，宾语永远位于主语之后，而唯一的变量是动词的位置。你现在注意到的这些内容，正是语言学家在研究一门给定的语言的句法规则时想要找寻的东西。尽管不能一概而论，但是大部分语言都会倾向于将主语放在宾语之前（或者换句话说，在一个句子中，越是像事件的施事格的部分就越会出现在更像受事格的部分之前）。所有这些内容都是句法学的研究领域。

在英语中，单词在句子中的组成方式不同，句子含义也会不同。研究语言含义的学科叫语义学。以“Mary loves John” [2] 这句话来举例说明，Mary 是“爱”这个事件的施事者，而 John 是这个动作的对象 或是受事者。如果我们把 John 放在动词之前，而把 Mary 放在动词之后，如

① blood 意为“血液”，是名词。bleed 是动词，意为“流血”。——译者注
② 该句大意为“玛丽爱约翰”。——译者注

“John loves Mary”[①]，那么这两个人的角色就截然相反了。这种情况下，我们说动词 love 起到了连接施事者和受事者两个论元的谓语词的作用（这里是个动作）。其他一些动词，例如 sleep（睡觉）或者 fall（跌倒），仅涉及一个论元。以 sleep 为例，这个论元承担了施事者的角色，而 fall 的情况相反，该论元起到了对象或受事者的作用。此外，根据我们在名词前是否加定冠词、不定冠词或是不加冠词（例如，the，a，these），以该名词为首的名词短语的内涵（意思）也会发生变化。一个名词及其所有的附属从句（which，might，in fact，be nothing at all）构成了一个名词短语，并且这个名词就是该短语的中心词。所以，dog 一词是短语 crazy dog I just bought 的中心名词。但是，dogs 一词在句子 I like dogs 中，既是中心词，本身也是整个名词短语。一般来说（尽管你很容易就能找出一些不符合这一规律、需要进一步分析的特殊情况），诸如 the 或者 these 等定冠词可以用来特指某些实体，而不定冠词 a 或者不加冠词的情况则用来泛指某些实体。为了准确表达句子的含义——不论是简单句还是复杂句，语义学家借鉴了许多哲学领域的正式表达，例如命题逻辑、谓词逻辑等。所有用来解释一句话的确切含义的复杂内容，以及如何正式地表述这一含义的研究，都包含在语义学的范畴里。

语用学一般被认为是语义学的一个分支领域，它的主要目标并不是研究每个单词的含义以及它们如何组合在一起表达一个句子的意思，它研究的是一个句子所存在的语境会对这个句子本身的意思有什么影响。比如“I’d love a glass of water”[②]这句话，根据说话的时间场合不同有着截然不同含义。在一家餐馆里，这句话可能是直接对服务员提出的请求，说这句话的人期待服务员端来一杯水。而如果在沙漠中的某处，同

① 该句大意为“约翰爱玛丽”。——译者注
② 该句大意为“我想来一杯水”。——译者注

样的一句话就可能被理解为在诉说一个无法实现的心愿。因而，尽管两句话中每一个单词的意思叠加在一起所形成的该句话的字面意义（通常也被称作实际功能意义，也就是令一句话为真的前提条件）完全相同，它们的交际性意义却可以完全不同。此外，语用学研究还会把说话者的人生阅历、对整个世界的认知纳入考虑。取决于说话人与听众的共同点（也就是对语境的相互理解），两人的对话会有特定的意义。尽管这些信息是没有挑明的，但是它们也是话语沟通的一部分（在本书第十三章你还会遇到有关语言中的隐藏信息的内容，在那一章我们将讨论语言和力量的话题）。

假如你看见一辆车停在路边，并和那辆车的车主进行了如下的对话，其实你们彼此都明白，自己已经说了足够多的内容来表达自己的想法：

说话人 A：Hi. I ran out of gas.①

说话人 B：There's a Shell just down the road.②

说话人 A 的话语里暗示他需要帮助。所以，他实际上想表达的意思是："你能帮帮忙，告诉我该怎么办吗？"而说话人 B 的言语中暗示了附近不远处有个地方能让 A 加到汽油。假如代表加油站的 Shell 一词是两个人的共同知识，那么这段对话就没有进一步解释的必要了。像这样根据语境引申句子含义的内容，都是语用学的研究核心。

以上这些就是语言学的核心组成部分——也就是所谓的理论语言学。我们为什么要学习理论语言学呢？因为人类对于大脑如何运转这一问题的兴趣已经持续了数千年，而语言学的研究恰恰提供了一扇窥视大

---

① 该句大意为"我的汽油用完了"。——译者注

② 该句大意为"前面不远处有家壳牌的加油站"。Shell 这个词本意为"贝壳、贝类"，但是 Shell 也是世界顶级石油公司荷兰皇家壳牌集团的简称。——译者注

脑工作方式的窗户。在相当长的一段时间里，与其他“窗户”相比，由于所有资料都是那么直观，语言学这扇窗户也就显得更加透明：你要做的仅仅是研究其他人都说了什么。现在，由于脑部扫描技术的出现，我们拥有了更多窥探大脑的窗户。我们可以观测当某个特定事件发生时（视觉的、语言的或者运动方面的，等等），大脑的哪个部分会变得活跃。然而，尽管有了脑部扫描这样的技术，我们还有很长的一段路要走。比方说，当我们使用缩写时（例如“I'm”而不是“I am”），我们的大脑究竟是如何运转的？这些问题的确切答案还不得而知。所以，语言学的研究能够让我们提炼出在任何一门语言中都能够起到支配作用的潜意识的规则。此外，通过对不同语言的规则进行比较，能够让我们形成一套在潜意识中支配这些规则的基本原则。这些基本原则能够告诉我们人类的思维是如何组织信息的。从这个意义上来说，语言学基本上是认知科学的一个分支。

除了本章涉及的这些核心领域之外，语言学专业的其他一些课程专注于理论语言学与其他学科的交叉领域。由于语言几乎涉及人类所有的交互行为，对语言的研究也和许多其他学科密切相关，这些学科包括心理学、社会学、计算机科学、哲学以及人类学。这些应用语言学的课程通常被称作心理语言学（包括对语言习得的研究，参见第一章），社会语言学（包括语言的变异及濒危的语言等，参见整个第二部分，尤其是第八、九、十、十五章），计算语言学（参见第七章）以及语言与哲学（逻辑学）。另一个非常重要但还没有提到的语言学子学科，是历史语言学，它主要研究语言随时间而产生的变化（见第八章和第十一章）。

所以，以上这些就是关于“语言学是什么”以及“语言学家都在做什么”的答案——至少是一份简要的答案。正如序言所说，通过运用一些常识，以及在每一章所提供的非专业性论述的引导下，本书提出的很多问题，读者都能够依靠自己对语言的理解来回答。但是，对于“语言学是什么”这样一个需要明确答案的问题，最好还是由我先为你们做一次系统的讲解。

本章关键词

linguistics　语言学

morphology　词法学

phonetics　语音学

phonology　音韵学

pragmatics　语用学

semantics　语义学

syntacs　句法学

第三章

从一门语言到另一门：为什么第二门语言这么难学？为什么翻译这么难？

From one language to the next: Why is it hard to learn a second language? Why is translation so difficult?

在本书第一章，我们讨论了母语习得的话题。学习第二门语言与母语习得有着非常显著的差异——对于任何一个能够正常接触到人类语言的孩子来说，母语习得是一个自然而然的过程。在这里针对第二语言和母语，分别使用“学习”和“习得”这两个不同的词，并不是偶然的。实际上，对于学习第二语言与第一语言时所用到的认知能力是否有区别，学术界一直有争议，而大部分研究都表明：这种区别是确实存在的。

首先，所有学习第二门语言的人，本身都已经掌握了一门语言，所以大脑中的语言机制已经储存了某些固定的语言参数（比如单词顺序等），而这会让接受一门新语言的过程变得截然不同。一个人必须学习第二语言——通常被称为目标语言——的某些特殊规则。这时，学习者的母语就好像是一种先入为主的模板，学习第二语言时的错误，往往是将目标语言的单词按照母语的规则排列在一起。举例来说，假如母语是英语而目标语言是日语，这位日语学习者很可能就会按照英语的单词顺序，将日语的动词放在句子的主语与宾语中间，而不是按照日语的语法把动词放在宾语之后。第一语言与第二语言之间的差距越大，在学习第二语言时需要付出的努力就会越多。第二语言的学习过程，可视为一个缓慢地从母语向目标语言转变的过程。

其次，母语的习得发生在儿童早期（通常是五岁之前），过了这个关键时期通常就不再发生。然而，第二语言的学习，特别是在课堂上，成人和青少年的学习速度要比低龄儿童快，尽管低龄儿童的第二语言能力最终会比青少年或成人更强。也就是说，学习者越是精通母语，学习第二语言的速度就越快。

第三，不论母语习得的过程中是否存在刻意的教育，第二语言的学习都不可能没有指导。也就是说，这一学习的过程与母语习得非常不同。有研究表明，诸如自信心、学习动机、良好的个人形象以及平和的心态，都是能够促进第二语言学习的因素，但这些因素对于母语习得来说统统无关紧要。

第四，接触到的语言的复杂程度会影响第二语言的学习，但不会影响母语的习得。举例来说，在一门外语课上，如果老师以很快的语速、复杂的句型来介绍某些晦涩的内容，对于想要学习这门语言的初学者来说，最初的阶段将会非常痛苦。反之，如果老师用简单的句子介绍一些不涉及大量决策或者心理判断的事情，那么初学者理解起来就要容易得多。而另一方面，不论成年人是否用更易懂的语言来交流，母语习得的速度都是一样的。

第五，大量练习对于掌握第二语言来说十分重要，但对母语来说并没有那么不可或缺。即便是沉默寡言的孩子，他们学习母语的速度也是十分正常的。

尽管有诸多不同，母语习得与第二语言的学习过程却也有很多相似之处。如果目标语言被当成教学语言使用，那么学习过程可能进行得很快。正如母语习得一样，能够长期接触正常的语言环境很重要。当然，对第二语言的学习来说，刚开始接触的时候最好能从一些慢速、简单的内容入手。实际上，在课堂教学中练习大量对话可以有效促进第二门语言的学习。教学会话远比死记硬背、填鸭式教学或是朗诵有效得多。显然，相比死记硬背这些传统教学方式，对话更接近母语学习时的语言环境。

到目前为止，我只是讨论了第二语言学习的相关研究文献中的普遍性观点，还没有开始介绍那些存在争议的话题。等到了第十二章，我们将会尝试置身于一个许多学习第二语言的人常面对的情境。但那一章的关注点是语言教育的政策，不会涉及语言学习者面临的种种问题——这些我会在本章余下的部分进行分析。我打算通过翻译的话题来进行相关讨论，这是因为，语言翻译能够让我们快速了解在第二语言学习过程中存在的种种困难。

有一句意大利谚语是这么说的，“traduttori, traditori”，翻译过来就是“翻译家，背叛家”。表达的意思就是，翻译永远不可能是完美的，所以任何从事语言翻译的人都必然会背叛文字原本的含义。

各种日常活动其实都可以归类为翻译行为。美国预扣所得税实际受益人外国人身份认证表（美国联邦税务表格 W-8BEN）在第一部分第一行要求填写“个人或机构实际受益人姓名”。最近有一个挪威的朋友来我们学校访问。当填表填到这里时，他大声读了出来并问我们这是什么意思，我们的行政助理说：“我来帮你翻译吧，就是问‘你’是谁。”在这里，“翻译”一词指的是通过同一种语言的不同表达来进行解释说明

（语内翻译）。

“翻译”这个词的另一种用法可以用下面这个例子说明。我学校的一位学生曾经写了一首诗，而另一位女生为这首诗跳了一段舞蹈。用她的话说，这是在用肢体语言翻译这首诗。在这里，“翻译”这个词指的是用一种媒介来解释另一种（符际翻译）。

本章我将关注的是第三种类型的翻译，也是最常见的、和第二语言学习紧密相关的行为——用一种人类语言去解释另一种语言（语际翻译）。上文那句意大利谚语说，翻译这种行为不可能做到完全准确。这句话说得对吗？有可能存在完全准确的翻译吗？

高中语言课堂上的学生总会被不断要求进行不同语言间的翻译。或许你也做过这样的练习，甚至可能还记得那么一两个回答过的问题。但是，我们与其罗列一个很长的清单描述各种可能出现的问题，不如现在就一起来做一些翻译练习。

我们可以选择各式各样的段落进行翻译，其中有一些翻译只需要将实际信息用正确的语法表达出来，比如法律文书、行车方向以及羽管键琴的组装说明书。翻译这样的文字需要严格遵照（自己理解的）原作者所想要表达的信息进行转述。对于这种类型的文章，译者可以无视原文的行文风格而不会招致批评。这种类型的文字翻译不在我们的讨论范围内。在本章里，我将着重探讨诗歌的翻译，这既是因为诗歌翻译时需要考虑的因素更多，也是因为探究第二语言学习的真正技巧需要我们理清这些因素。

诗歌翻译的各种方法大相径庭。有些和先前提及的实际信息的翻译类似，比如说所谓的简介法，也就是在翻译的时候并不考虑原文中的所有因素。举一个比较极端的例子，奥地利诗人欧内斯特·詹道（1925—2000）只关注诗歌中音韵的重要性。他提出了一套“表面翻译”的技巧，即某种语言的诗歌翻译成另一种语言时，诗本身的内容不重要，但是诗歌中的音节需要保留——不论是使用目标语言中原本就有的词还是无意义的废话。当两种语言在声音库上有着本质的不同时（大部分语言都是如此），最接近的发音也是可以接受的。下面我们拿德国诗人莱纳·玛利亚·里尔克的诗歌来举例说明。在把德语诗翻译成英语时，除了运用詹道的表面翻译法，我还提供了逐字翻译。通过二者的比较，你可以看出每一个词在诗歌中的原意。

里尔克的诗	表面翻译	逐字翻译
Der Tod ist groß.	Dare toadies gross	the death is big
Wir sind die Seinen	Vere sinned designing	we are the his
Lachenden Munds.	Laugh in the moons.	with laughing mouths
Wenn wir uns mitten	When we've ounce mitten	When we us midst
im Leben meinen	Am lay-by mine	in-in life believe
wagt er zu weinnen	Farct hair so whining	dares he to cry
mitten in uns.	Midden in noons.	midst in us

在这里我不会着重讨论表面翻译这样的技巧，我会更关注与第二语言学习关系更为紧密的全面翻译。

让我们从一首诗的翻译开始，原诗用的是和英语很相近的语言——荷兰语。安妮特·霍克斯玛告诉我，这是一首在荷兰很受小朋友们欢迎的儿歌，同时，她也把每个单词的意思解释给我听：

Leentje leerde Lotje lopen

In de lange Lindenlaan

Maar toen Lotje niet wou lopen

Liet Leentje Lotje staan.

儿歌的第一个词，Leentje，是一个女孩的名字，与之类似，第三个词 Lotje 是另一个女孩的名字。你是否认为：名字不需要翻译，我们直接把这两个荷兰语的名字放到英语儿歌里不就好了？换句话说，你会直接称呼你的意大利朋友朱塞佩（Giuseppe）或者以色列朋友莱拉（Leila）的名字吗？还是说我们应该选择英文名，分别管他们叫乔（Joe）和莉莉（Lilly）？

这个问题看似无关紧要，但其实十分重要。我们对名字的翻译很可能引起听者情绪化的反应，所以选择需要慎重。比如说，你有个意大利朋友叫格拉济耶拉（Graziella）。你是直接叫她格拉济耶拉呢，还是简称她为葛瑞丝（Grace）？如果你们生活在一个大城市，可能哪一种称呼都很正常，你可以欣然直呼她的名字格拉济耶拉。但如果你生活在一个偏远地区的小城镇，这里已经有好几代都不曾来过新移民了，那么格拉济耶拉听起来就太奇怪了。这个名字可能会让她被当地居民疏远，也会让你觉得念起来太过做作。回到我们之前的话题，如果想把整首儿歌的韵律翻译过来并被英语国家的孩子们所接受，我们就不应该让这首儿歌的主角名字太过奇特，或是听起来太过矫揉造作。

所以，由于我不想要一个太过生僻的名字，我打算把 Leentje 翻译成“小琳达”（Linda），把 Lotje 译作“洛蒂”（Lottie）。可能你会说，Leentje 和 Lotje 这两个荷兰语名字都是以 tje 结尾的，所以在翻译的时候这些特征是需要想办法保留的。这种论点是有道理的：-tje 这个后缀是一个小称词的结尾，类似于 -y 在 Johnny 以及 -ie 在 Bessie 这两个名字里的作用。如果像我之前那样翻译：在一个名字之前加上“小”，但是对另一个名字使用英语里的小称词后缀 -ie，这两个名字原有的一些共性就会因此受到损失。但是如果翻译成琳迪（Lindy）和洛蒂（Lottie）或者小琳达和小洛蒂可以吗？后者的问题在于，小洛蒂（Lottie）这个名字中已经有了一个小称词的后缀 -ie，再在名字之前加一个“小”字显得很多余。另一方面，琳迪（Lindy）这个名字对许多人来说还是稍显陌生的，放在一首儿歌里仍然太古怪，可能你会觉得琳塞（Lindsay）

这个名字都要比琳迪（Lindy）好一些。

因为还有其他许多问题需要我们解决，为了不再纠结于取一个合适的名字这样浅显的问题，我决定就用“琳迪”和“洛蒂”这两个名字继续我们的分析。

让我来看第一句里其他的词：Leerde 的意思是“teach”（教育），这里加引号是因为这是该词的过去时态，也是动词的第三人称单数形式。而单词 lopen 是动词 walk 的不定式（一种完全不带词形变化从而不指示人称、时态的形式），意为走路。现在，第一句话的意思已经很清楚了：

Lindy taught Lottie walk.

然而这并不是一个语法正确的英语句子。我之所以选择将荷兰语译成英语的翻译展开讨论，主要是因为荷兰语与英语很类似，大多数时候逐词翻译也能得到符合英语语法的句子。我的本意是希望我们的翻译实验能够成功，但在这里还是遇到了一些小麻烦。问题在于 teach 这个词，有很多其他的动词可能效果更好，例如：

Lindy (helped/let/made/watched/heard/saw) Lottie walk. ①

但是，英语里使用 teach 时，我们需要在 walk 一词的前面加一个介词 to。所以，这首荷兰民谣中四个词的第一句话应当翻译为五个单词的英语句子：

Lindy taught Lottie to walk. ②

（注意，英语中有很多动词像 teach 一样，需要在紧随其后的另一个动词不定式之前加介词 to。）

现在，让我们来看第二行中的单词：in 就是“in”，de 对应“the”，lange 是“long”的意思。最后一个单词 Lindenlaan 又是一个专有名词，

---

① 该句大意为“琳迪（帮助 / 让 / 使得 / 看着 / 听到 / 看见）洛蒂走路”。——译者注

② 该句大意为“琳迪教洛蒂走路”。——译者注

这次是指一条路的名字。Linden 和 linden tree（椴树）有关，而 -laan 应当被译作英语里的 lane（意为小路，出于历史原因，这两个词其实密切相关）。所以我们可以这么翻译第二句话：

In the long Linden Lane. ①

这句话读起来朗朗上口（这是因为在将荷兰语翻译成英语的过程中，我精挑细选了每一个词）。

接下来看第三句话。Maar 的意思是“but”，toen 表示“as/when”，niet 是“not”的意思，而后 wou 是“wanted”（这里又是过去时态，动词的第三人称单数形式），最后 lopen（再次出现）表示“to walk”。如果我们按照每个词的意思来翻译，就会得到这么个句子：

But when Lottie not wanted walk.

显然，这句话根本语法不通。在英语里，动词的不定式 walk 之前需要加介词 to，这一点和第一句话的情况一样。另外，英语还需要在否定词 not 之前加一个伴随动词（又称辅助动词或助动词）。在古英语中并非如此，比如圣经中的这句话“Judge not lest ye be judged ”② 就和正常的现代英语不同。所以，我们需要加上助动词 do 的正确时态：

But when Lottie did not want walk. ③

现在这句话的语法是没有问题了。可是如果大声读一遍，你会觉得很不自然。在正常的对话中我们通常会说 didn’t 而不是 did not。所以，这句话用下面的形式表达可能更好：

But when Lottie didn’t want walk.

有什么因素可以帮助我们在几种不同的翻译中做出选择呢？其中一

---

① 该句大意为“在长长的椴树路上”。——译者注

② 这句话源自圣经，大意为“不要随便批评别人，否则将来也会被别人批评”。——译者注

③ 该句大意为“但是当洛蒂不想走路时”。——译者注

个衡量指标是翻译的总体质量——也就是整段话的韵律。然而，目前我们暂时先采纳第二种带缩写的翻译（比较口语化的那句），之后如果你想，还可以重新思考一下这句话合不合适。

在原文的最后一行中，Liet 表示“let”（让），过去时态，第三人称，和之前的 leerde、wou 类似，而 staan 意为“stand”（站立）。逐字翻译的话，这句话是说：

Let Lindy Lottie stand.

又是一个病句！你能看明白这句话想要表达什么吗？ Lindy 才是这句话的主语。根据英语的语法规则，这句话应该写成：

Lindy let Lottie stand. ①

到这里为止，我们可以给出这段儿歌翻译的初稿：

Lindy taught Lottie to walk

In the long Linden Lane

But when Lottie didn’t want walk

Lindy let Lottie stand

可这还不算完。因为这是一首荷兰语儿歌，我们希望能把它翻译成一首英语儿歌。所以，我们需要仔细地审视，翻译过来的这首儿歌是否具有英语儿歌所应当具备的一些典型特征。儿歌通常都会因为一些特有的音调而容易被记住。所以，请你大声朗读我们的初稿，接下来再把荷兰语的原版大声读出来（即使你对荷兰语的发声方式并不了解），你觉得我们翻译的初稿听起来像是一首儿歌吗？和荷兰语原版相比又如何呢？

一首英语儿歌中都有哪些声音元素？其中一个是韵脚，荷兰语儿歌

① 该句大意为“琳迪让洛蒂站着”。——译者注

有着相似的传统。在这首荷兰语儿歌中，奇数行有奇数行的韵脚（实际上第一行、第三行是以同样的单词结尾的），偶数行有偶数行的韵脚。在我们翻译的初稿中，奇数行也是押韵的（有相同的韵脚），但是第二行、第四行却没有。从这点看，我们的这首英语儿歌是有一点不准确的。

英语中另一个声音元素是韵律。鉴于本书的大部分读者可能都不懂荷兰语（至少我是不懂），所以在这一点上你需要相信我：当安妮特把这首诗读给我听时，我发现每一行都有四个强节拍（也就是四个明显重读的音节）。另一方面，每一行的弱节拍却各不相同。总的来说，荷兰语儿歌中的韵律规则和英语很像，例如这首儿歌：

Thìrty dàys hàth Septèmber

Àpril Jùne ànd Novèmber[①]

（注意，Àpril 这个词的第一个音节也是一个重音。）这两句短诗中，每一行也有四个强节拍，但是弱节拍的多少却无关紧要。回到我们翻译的那首儿歌，它的韵律又是怎么样的？当然，这取决于你如何朗诵它。对于我来说，每一行读起来都有三个重音：

Lìndy taught Lòttie to wàlk

In the lòng Lìnden Làne

But when Lòttie didn't wànt wàlk

Lìndy let Lòttie stànd

我们是不是应该修改这份草稿，好让这首儿歌在韵律和韵脚上都与荷兰语版本一致？让我们一个一个问题来看。显然，韵脚很重要。接下来就让我们一起修改初稿中第二行、第四行的韵脚，并保留第一行、

---

① 这是一首叙述只有三十天的月份的英语儿歌。第一句中的“hath”同“has”。——译者注

第三行的韵脚（这里是一样的）。我们应当寻找一个与 lane 这个单词韵脚相同，并且放在第四句中能让上下文通畅的单词。我首先想到的是 refrain（避免）这个词，但是这个词放在儿歌中显然不合适。这个词我并不满意。

或者，我们可以放弃 lane 这个词，重新选两个押韵的单词，一个词意思接近 lane，另一个意思接近 stand。我想到的是 way（路）和 stay（停下，逗留）这两个词。如果要用 way/stay 这个韵脚，我们就要替换掉 lane 这个词。这会不会让你感到左右为难？毕竟荷兰语版本有那么多的单词是以“l”开头的。如果我们把 lane 换成 way，这首儿歌的头韵就会少一些。但是从另一方面来说，laan 这个词在儿歌中并不是一个独立的单词，而是一个复合词的后半部分。从这方面来讲，（也许）少一个“l”打头的单词也不会那么糟糕。另外，替换之后，除了两个“walk”之外，我们会多出一个“w”的头韵。所以，我选择使用 way/stay 这个韵脚。

接下来，我们来考虑韵律的问题。目前，荷兰语儿歌的每一行都比英语版多一个强节拍。问题是，你想不想让这首英语儿歌变得更长，还是说，差一个强节拍并没有那么重要，在这一点上我们必须谨慎，因为我们新添的那几个单词很可能无法与荷兰语的原文保持对应。基于这种考量，我选择保持韵律上的这种差别。

现在，我们终于完成了这首儿歌的英语翻译。至少在我听起来，这首儿歌很像安妮特所朗读的荷兰语版本。让我们一起来看看这首儿歌的最终版：

Lindy taught Lottie to walk

In the long Linden Way

But when Lottie didn’t want walk

Lindy let Lottie stay

当然，我们很可能还能翻译得更好。但是我觉得在这首儿歌的翻译中我们已经处理了最重要的几个问题。很明显，即便是儿歌这样简单的段落——甚至只是两种极其相近的语言之间的翻译（荷译英）——也会对翻译者提出诸多考验：明显或是重复的单词结构（例如动词的不定式）是否应该保留？我们应当在多大程度上保留原文中的韵脚、韵律和头韵这些声音元素？什么时候以及在多大程度上可以适当摒弃一部分原文中蕴含的内容？

让我们从另一个角度来看翻译这个问题——换句话说，用别的语言来翻译英语。你能想到一些英语句子对翻译者来说可能会是个麻烦吗？比如下面这句：

John kicked the bucket.

这是一句双关的习语：它有着完全不同的字面含义（约翰踢翻了水桶）和隐喻的含义（约翰死了）。如果 kicked the bucket 在目标语言中并没有 die（死）的意思，那么我们该怎么翻译这里的双关语？我们是不是应该放弃“踢水桶”这个词组，而在目标语言中找一个类似的习语来表达英语中的含义？

在我们考虑如何翻译下面这句话时，还有一个问题会浮现：

The dinner table was so festive, I expected him to serve turkey.[①]

这是一个英语句子，并且我们知道这句话有很大可能是一个美国人说的。比起澳大利亚、尼日利亚或是南非，火鸡这种食物更容易让人联想到美国的感恩节。所以在这里，火鸡这个词有着言外之意，承载着特定的文化含义。如果有人想把这句话翻译成中文，那么译者是直接用“火鸡”这个中文词语呢，还是选一个会出现在中国人合家团聚的节日里的某种食

① 该句大意为“晚餐的餐桌上充满了节日气氛，我以为他会上一些火鸡”。——译者注

物来代替火鸡一词？当然，译者也可以两者兼顾——他的选择完全取决于翻译所要达到的目的。如果这句话源自介绍美国人日常生活的一则小故事，那么译者很可能按照字面意思直译。如果这句话的语境是某个主题宽泛的故事，并且关于美国的背景设定并不重要，那么译者可以很自然地用某个更加接近目标读者生活的词来表达句中的言外之意。

但是这个度要如何把握？如果讨论的是一个典故而不是句子的特定含义，我们该怎么办？如果一段英文提到莎士比亚的作品，我们在翻译成意大利语的时候，是否需要改成引用但丁的作品？如果翻译成俄语呢，需要改成引用普希金的文章吗？

不论翻译哪种语言，像这样从特定的词汇或典故中衍生出来的习语或言外之意的问题总会存在，并且，我相信你能想到更多类似的问题。比如说，你想要把一篇文章翻译成英语，文中描述了一个关于谈话的行为，我们是用闲谈、说话、讨论、交谈、辩论还是用别的词来表示这个行为？不论原文的语言是什么，格式、语调以及其他有关文体的因素，都会影响最后的选择。

事实上，文体是翻译中非常重要的一部分，有时一种语言的某些文字风格会演变为仅用来翻译其他语言的文体。举例来说，中世纪时期，古希腊哲学文稿的阿拉伯语翻译都只注重字面意思，有时甚至是简单的逐字翻译。但这种风格并没有被用于其他文章的翻译。这些生硬的翻译内容在公元 1100 至 1300 年之间又被译成了希伯来语，并且不自然的语言风格也保留下来。最后，形成了一种只用于翻译的希伯来语的特殊风格。

这种情况乍一看有些奇怪，但是想想《圣经》吧。很多人对现代版本的《圣经》不以为然，因为他们认为早期版本才更接近那个时代的语言。然而，很多学者认为，那个时代的《圣经》翻译都很生硬，即便放在当时的环境下也是如此；换句话说，这些都是所谓的翻译语言，而不是顺畅流利的交流语言。讽刺的是，有关《圣经》翻译准确性的问题一直相当棘手，因为原始手稿的诸多特征一直处在争议之中。

有时，甲乙两种语言的翻译中存在的问题，不会在甲和丙这两种语言的翻译中出现。比如这个句子：

She has brothers. [①]

它可以很容易地从英语翻译成意大利语。但是，如果你想翻译成比如梵文这样的语言，你就需要知道这位女主人公究竟是恰好有两个兄弟，还是多于两个。英语、意大利语以及其他许多语言，只区分了单数和单数以上（复数）这两种形式。但是，还有诸如梵文这样的语言需要区分单数、双数和多于双数的情况（即该语言中的复数）。不同语言的语法差异会在翻译的时候带来一系列的问题——有些问题是译者无法回答的。假如上文这个例句出现在一段文章中，并且上下文再也没有提到“她”的兄弟，译者就完全不知道“她”究竟有两个还是两个以上的兄弟。这时该怎么办呢？如果我们不能确定具体的数量，在翻译成梵文时，我会选择使用“兄弟”一词的复数而不是双数形式，这是因为前者相对来说更准确一些（只要她有两个以上的兄弟）。但事实上，很可能我是错的。

所有这些是想表达，在全面翻译一段文字之前，我们需要仔细分析：如何将这段文字分解成各个部分，从而精确完整地表达段落大意。然后，我们需要决定如何将各个部分用目标语言表述出来。不仅如此，目标语言很可能和原文有着不同的语法结构，给翻译增加了难度；甚至，这种语言可能与原文有着截然不同的文化背景，从而让翻译变得更加复杂。不论是将哪两门不同的语言进行互译，这些分析和对于不同语法、文化背景的处理，都是进行全盘翻译的一部分。有时候妥协是必须的，翻译

① 该句大意为“她有好几个兄弟”。——译者注

的精髓就在于（至少部分是依赖于）何时以及怎样做出妥协。

目前，我们可以得出这样的结论，翻译不是机械的行为；它并不能按照某些简单的运算法则来运作。恰恰相反，翻译是充满创造力的行为。有一种说法甚至认为，翻译就是再创作的过程。同样是把一段甲语言的文字翻译成乙语言，不同的译者会给出截然不同的翻译。这些不同的翻译各有优缺点，比方说诗歌翻译，会涉及格律、声调、意象、措辞以及诗歌词句的声音特征。假如但丁的作品有两份不同的翻译，你可能会发现你更喜欢其中一位译者的版本。这是否意味着我们可以独立于原著来评价翻译稿的好坏？换句话说，这些翻译稿是否和原著的价值相同？有些人可能会说“是”。那么在比较两份翻译稿时，是否一个版本会比另一种版本更（接近）正确？还是说所有翻译都是不完美的？完全准确的翻译真的像有些人说的那样不可企及吗？

认为完全准确的翻译是存在的，这种观点有一个重大缺陷，即它的假设：对语言文字的翻译只存在唯一正确的方法。举个简单的例子来反驳：

I love you. [①]

根据上下文的语境以及说话人的不同，我们对这句话的解读会有各种不同的可能性。比如，这句话可以是正在教育孩子的父母说的，也可以是长辈在试图疏导孩子的内疚心理时说的；可以是一对决定结婚的小夫妻对彼此说的，也可以是一对已经结婚五十年的夫妻说的；甚至一个妓女对给她小费的陌生人也会说这句话；或者一个试图玩弄自己男 / 女朋友感情的青少年也可能这么说，又或者一个孩子会在和父母开心地玩了一整天后对父母说这句话。这样的例子不胜枚举。如果我们一起去看电影，事后在讨论剧本中的台词时，毫无疑问我们一定会对其中一些台词

① 该句大意为“我爱你”。——译者注

有不同的看法——即便我们看的是同一部电影并且接触到的每句台词的语境都是相同的。在我们解读听到的台词时，我们会带入自己对生活和语言的理解，而人类对语言的解读正是一个充满创造性的过程。

所以可以这么说，即便说着同样的语言，或者能够流利使用不同的语言进行交流——当然也包括翻译时能够自由地阅读其他语言的文章，我们还是不可能完全理解他人的表述。记住这一点，我们就可以尝试用一种乐观的心态去学习第二门语言。作为一门外语的使用者，我们经常会面临与翻译者同样的困境。在这里说的并不完全是需要把母语翻译成某门外语的情况。如果我们在这门外语上达到了一定的水平，那么可能不必经历刻意翻译的这个阶段。作为一门外语的使用者，他们与翻译者的相通之处就在于，如何才能最有效地使用目标语言富有创造性地描述某样事物。

我们能做到这一点吗？我们能像使用母语一样熟练地运用一门外语来有效地表达自己的想法吗？我认识的很多人都能说好几门不同的语言还说得非常好，所以我相信答案是“可以”。但是，可以有效地使用一门外语，并不意味着可以说得像母语一样流利。在一种语言环境中的经历会与身处另一种语言环境中的经历截然不同，而阅历会对我们如何表达想法产生潜移默化的影响。

本章关键词

second language acquisition　第二语言学习

translation　翻译

第四章

语言等同于思维吗？

Does language equal thought?

认知科学的一个基本原理是，能通过一些表达系统来描述我们的思维过程。合适的表达系统是否具有类似语言的特性（如观察相似的原则），是一个正待讨论的问题，毫无疑问，学者们已经就此讨论了很多年。不过在这里，我还想就我认为我们能一起回答的相关问题说几句。我们是否在语言中思考？离开了语言我们还能思考吗？

描述这个问题的另一种方式是：语言是否构建了我们的精神世界，同时又在认知上将我们束缚其中？由于这个问题经常出现，估计你已经对它很熟悉了。

你也可以用最平淡的方式来解释这些问题，就像人们说“太吵了，以至于我没法专心思考”之类，那其实是在问，人类是否在用特定的语言进行思考。换句话说，意大利人是用意大利语思考吗？或者考虑到意大利有很多方言，我们可以把这个基本问题分解成许多诸如此类的问题：威尼斯人用威尼斯语思考吗？那不勒斯人用那不勒斯语思考吗？同样，印度人、澳大利亚人、加拿大人、美国人、尼日利亚人以及英国人都说英语，但他们都是在用本国的英语思考吗？我们可以把这个问题分解得更精细，在美国，波士顿人、亚特兰大人和费城人是否都在用他们当地的语言思考？无论答案如何，本章余下的内容就是要让你相信，这些问题的答案是否定的。

我首先将说明的是，思维不需要语言。关于这点，我举一些关于思维的实例，以说明它在大脑中不可能通过语言来形成。论证的过程有点长，所以请一直记住这个结论。

设想一下，你正和一个蹒跚学步的孩子一起生活。接下来我会描述五种我见过的情景——其中三种很典型，两种很普通——在这五种情景中，两个孩子没有使用口语或手语。然后我再说明这组情景和本章核心问题的关系。

1. 一个男孩在冰冻的草地上玩一辆塑料卡车，另一个男孩过来，看了一会儿，然后朝第一个男孩扔了一把土。第一个男孩拿起他的车，放到秋千架后面的地方，继续玩。

2. 我的侄孙女在用力地涂色，她用蜡笔把纸都画裂了。于是又拿了一张纸，把它放在裂了的纸上继续涂。

3. 杂货店里，一个女孩站在收银台旁的糖果边。妈妈说她不能买，小女孩大发脾气，妈妈气得双颊通红，最终还是给她买了糖果。

4. 几个三岁大的小孩在游泳池边坐成一排，他们都把双脚放在水里晃荡。教练在教他们游泳。他用排头的第一个男孩示范，把他浸在水中，男孩大笑起来，教练把他从游泳池里拎出来，这个男孩走到队伍的末尾坐下。教练又依次让这些孩子每人都体验了一次。我女儿坐在队伍中间，她对游泳池有点害怕。当教练举起第三个孩子时，我女儿把双手伸入池中，掀起水花，然后跑到队伍末尾，和已经被浸过水的孩子们坐在一起。

5. 一个男孩和家人一起去海滩，在他家的毯子旁边铺着另一个家庭的毯子，这家有个盲童，两个孩子开始一起挖沙子。起初第一个男孩的妈妈叫他过去吃点胡萝卜条，这个男孩把装食物的塑料袋拿到盲童身边，并把胡萝卜条拿出来递给他。当这个盲童没有做出反应时，这男孩将盲童满是沙子的手放进装胡萝卜条的塑料袋里，一起分享沾着沙子的胡萝卜。

所有这些情景都证明了孩子们的推理能力，因此也证明了他们有思维能力。也许其中一两个例子你不同意我的说法，但你至少肯定同意其中一个。现在我们已经准备好在这些情景中探讨思维和语言之间的关系。

但是，我们再考虑一种情况。假设一对听力健全的父母生了一个有听力障碍或全聋的孩子，通常情况下，孩子的听力问题很难被发现，直到学步阶段甚至年龄更大时。这是因为听障儿童和健全儿童都能展现蹒跚学步阶段儿童的全部特征——非常像前面那些情景中的行为。那是因为，听障儿童在那些情景下表现得跟听力健全的儿童一样。听障儿童在没有被发现听障时，表现出的语言能力是完全真实的。只有在别人意识到他们有听力障碍后，才会教他们关于语言的信息——要么在语音阅读（我们过去称之为“唇读”）的课程中，通过助听器或人工耳蜗，以口语的方式传授给孩子；要么通过发音课程或手语课程，以手语的形式传授给孩子（通常是一家人之间）。

换句话说，早在这些听障儿童有机会接触语言输入之前，他们就能够思考。这点是显而易见的，他们的行为表达了想法。然而，因为他们还没学习任何人类的特定语种，他们的思想不可能来自一种特殊的人类语言。

还有类似的证据。1970 年在洛杉矶发现一个年轻女孩吉妮，她长期生活在被囚禁的隔离环境中，这限制了她的身体活动和语言输入（也在第一章中讨论过）。让我们来看一下对她的研究。她被发现时，几乎不能走路，也看不出来能说话。一些研究人员花费了好几年教她说话，但她除了能说很少且不成体系的由无规律字词构成的话之外，一直没有进步。但她试图讨论生活中的事情，包括那些在她学语言之前发生的事。显然，这些记忆构成了独立于语言结构的思维。

另一种可以证明思维不等同于特定语言的方法是，想一想我们的词汇。如果一种语言中，每个单词都对应一个给定的概念，而另一种语言的词汇中缺乏一个单词对应这一概念，是否会得到一个结论：使用第一种语言的人能理解这个概念，而使用第二种语言的人无法理解这个概念。那就是说，说不同语言的人，思维方式也不同？

回答这个问题前，请先回忆一下你自己的生活经历。当你遇到一个新词时，你一定会碰到一个新概念吗？比方说，我请你把不同分量的黄色和蓝色的颜料混合起来，并把不同的颜色分别放在一套碗里。在这个过程中，你碰巧调和出黄绿色，但你并不知道“黄绿色”是专指这个颜色的词，如果我告诉你，一个碗中的混合物叫“黄绿色”，我只是教了你一个称呼。你已经了解这个概念，否则你不会把它单独放入一个碗里。除非你是色盲或盲人，否则你对这个颜色概念的认识，会早于对这个颜色名称的了解。举个我们大家更熟悉的例子，在美国，许多州投票站的选票都用机器来打孔，从选票孔中掉出来的碎片叫“孔屑”。在2000年大选前，许多美国人根本不知道“孔屑”这个词，但他们对这个概念却很熟悉。

显而易见，在这些情景中，人们在知道描述一个事物的单词前，就先明白了这个事物的概念。但假如在另一个情景中，一个概念不是用来描述一个具体的事物，而是用来描述一个抽象事物呢？

让我举两个例子，对比英语和意大利语，让我们想一想，这两种语言在词汇上的差异是否揭示了思想上的不同。英语中的“隐私”一词，在意大利语缺乏对应的词汇。我们是否就能得出结论，意大利人不理解“隐私”这个概念？显然，这不是一个正确的结论，只要简单观察一下意大利人的日常习惯就能发现：意大利人使用公共厕所时会关门，不会在公共场合发生性关系，与不熟悉的人交流时不会问私人问题。尽管意大利语中并没有一个独立的单词能代表“隐私”，但他们会尊重隐私。他们会用一串委婉复杂的词来表达“请尊重我的隐私”，他们能理解“隐私”这个概念并能有效地表达这个意思。实际上，他们有一个可以被翻译成“隐私”的形容词。只不过“隐私”这个词在意大利语里缺乏一个对应的名字（从英语的角度看）。

另一方面，意大利语中有个词叫 scaramanzia，这个词在英语中没有与之对应的单词。scaramanzia 是指一种迷信行为，意思是当人们说出可能发生的最糟糕的事情时，就能避免这件事的发生。例如，我两个姐姐都得了乳腺癌，所以我告诉我的医生（包括其他人）我一定也会得这个病。但其实，我真切地期待自己不会得这个病。我有一种无知但确信的感觉，就是只要亲口说自己会得病，这个糟糕的病就不会出现在我身上了。在我知道 scaramanzia 这个词之前很久，我就一直这么干了。现在我已经把这个概念讲述给你，我相信你能理解它（当然这并不意味着你也分享了我对巫术的无知痴迷），虽然你不一定曾经有过类似行为。尽管大多数英国和意大利人并没有经常干这事儿，但这两种文化背景的人都能理解这个概念，并偶尔会这么做。这表明，他们理解这个概念，与他们所用的语言中是否有一个词来表达这个概念，是两个独立的事情。

总之，在意大利语、英语中缺乏或存在“隐私”“scaramanziain”这类词，与意大利人和英国人思维方式的差别没什么关系。

要寻获类似的证据，还可以观察任何两种语言的词汇差异。德语中有

“Schadenfreude”一词，这是由词根“损害”和“快乐”组合而成的，是“幸灾乐祸”的意思。虽然你可能没有感受过这种快乐，许多德国人也没有。尽管英语中压根没这个词，但你能理解这个概念。通常肥皂剧中的反派角色更可恨，是因为我们意识到他们会幸灾乐祸。一种语言会为一个给定的概念创造一个单词，但另一种语言里可能没有。不同学科（心理学、社会学）的学者可能会就这个问题的成因进行讨论，但对我们来说，最重要的是两种语言的使用者，都能摒除语言的词汇差异，理解同一个概念。

也许你会辩称，在一种语言中，一个单词代表一个概念在某种程度上使得这个概念在该语言群体中合理化或被认可。也就是说，我们有一个词，因而许多人能分享这一概念，比起没有这个语言标签时，这个概念显得更准确和真实。这可能是正确的。然而，对一个概念的认可和理解，与这个概念本身是并不相同的。在我工作的大学里，许多一年级新生都会担心，是不是我们以要求高著称的入学委员会搞错了，其实他们不该出现在这所大学。我们并没有一个独立的单词能表达这种担心（毫无疑问，许多大学一年级学生都有这种担心），但它很容易被识别和理解。

词汇的不同并不是不同语言的唯一区别。现在我们应该转向其他类型的差异，来判断语言和思维的关系。一些学者认为，由于两个不同人群所使用的语言之间的语法差异，他们不会使用同一种方式来推理。不同于冗长的文献综述（那需要很长的讨论），我将提供一个还未被广泛讨论的类似情景。我们再来看看罗曼语和英语之间的对比差异，本次聚焦于句子结构。

在英语中，我们可以说“约翰把蛋白打发硬了”，意思是约翰打了鸡蛋，结果是蛋白被打发得硬了；“硬”在这个句子中是一个“结果性第二谓语”。在罗曼语中，把这个句子逐字翻译是没法符合语法规则的，因为罗曼语中不存在“结果性第二谓语”，而很多英语中有的句子结构，罗曼语中都没有。相反，在罗曼语中，这样的句子会被翻译成“约翰在打发蛋白，直到它变硬为止”“约翰打发蛋白到它变硬的时点”。认为语言代表思想的人，可能会用这个信息来证明意大利人、西班牙人、罗马尼亚人、法国人、葡萄牙人以及其他使用罗曼语的人无法理解直接结果这个概念。但这显然是错误的，罗曼语的使用者可以清晰地理解直接结果的概念，只是简单地在句子结构表述上有所不同。

类似的论点可以围绕两种语言中其他句子的结构差异来论述。例如，一些语言中用一个动词来表示“有”，而另一些语言用其他词语来表示“存在”。例如，用俄罗斯语表达“我有一个姐姐”，一个会说“u menja sestra”，对这句话逐字翻译就是“和我姐姐”（请注意，这句话没有动词，通常情况下，这个表示“存在”的动词在表达现在时语态时被省略了）。这是否意味着使用第一种语言的人（包括英语）和使用第二种语言的人（包括俄罗斯语），在“拥有”方面有不同的感受？尤其是，我们会认为姐姐有什么不同吗？某种程度上，认为不同语言结构上的差异证明了使用不同语言的人在相关概念行为上有不同，这个观点很荒谬，在我看来已经过时了。

另一种论点认为，因为我们可以一边走神一边说话，所以语言和思想不一样。我们经常为自己说出的话感到惊讶，然后又纠正它。事实上，我们有时能走神到读完一页书，然后才发现对读的内容全无印象。有时，我们一边毫无疑问地运用语言机制大声朗读，一边仍然在思考其他东西，以至于压根不知道自己读到哪里，更别说知道读了什么、学了什么。类似地，如果你曾留意学龄前儿童说话，比如讨论未来的活动时，你会为他们语言的流利程度和表达抽象概念的能力感到吃惊。例如，一个三岁大的男孩，祖父住在其他国家，每年只来看他一到两次，这个男孩虽然没有时间概念，但能描述关于未来的活动："我将把这些东西放到给爷爷的包里，因为他来时，我们需要用这东西一起修凳子。"过了一会儿，那个男孩可能会因为必须等一会儿，不能马上去操场玩而大发脾气，这表明对他来说，未来的事情很难在此刻融入他的思维。很明显，学龄前儿童的推理能力远远落后于他们的口语能力。这尤其明显地证明了语言（无论是以阅读还是口语的形式）和思维既不是一回事，也不统一，它们甚至也不必互相依存。

关于思维是否等于语言的问题，还可以提出更多的论点。我们想问，动物是否能思考？如果我们的答案是肯定的（比如我的答案就是肯定的），我们必须放弃思维等于语言这个观点，因为动物没有人类意义上的语言（这点将在第六章中讨论）。我们想问，有脑部疾病或因为脑部受伤而失去语言能力的人，是否还能思考？如果答案是肯定的，我们就必须再次放弃"思维等于语言"这个观点。然后，即使不看大量关于动物和语言病理学方面的研究，即不去关注这些在我们日常生活经验之外的研究，我们依然能通过日常生活中遇到的事情来发现语言的某些秘密。其中一个秘密就是，正如我们所见，用特定语言思考是错误的观念。

这个结论并没有将语言和思想之间各种关系的重要性降到最低。语言促进思想的引入和传播，一个概念的特定表述将使倾听者更易于接受新观点。有时，直到我们将一些想法变成语言时，才能确认这个想法。正因如此，我们在做重要决定时跟好友沟通才很有价值。说出或写出自己的想法，能帮助一个人认识到正在形成中的某种合理观点。正如我们把看到的东西画出来能帮助我们理解它，使用语言也可以帮助我们分析各种想法。尽管如此，绘画不等于"看"这个行为本身；同样，用语言表达自己也不等于"思想"本身。

语言就像一个衣架，我们只是把思想放在上面。当衣服堆在地板上时，也许很难辨认出它到底是什么。衣架的构造让我们能分清那究竟是什么衣服，但将衣服辨认清楚和衣服本身是有区别的。

总之，不管我们是否用专有名词来表述一个概念，我们都可以思考这个概念。也许因为某些概念只可意会不可言传，我们一直没有用专有名词来表述它。

最后，我想再讲一个和大家每天的日常经历有关的事，请大家思考一下。观察下面这段对话：

> 我讨厌蛇。
>
> 你还记得比克内尔夫人吗？
>
> 我们八年级时的社会研究老师？
>
> 是的。
>
> 当然，我记得她。怎么了？
>
> 嗯，当你说到蛇的时候，我记得有一天放学后去找她讨论为什么我家变得四分五裂。她问我发生了什么事，帕特里克是否把一些女孩带回了家。她的态度如此傲慢，以至于我随即离开，一个人走回家，然后看到人行道上有一根扭曲的树枝。我对它说："你看起来像一条古怪的蛇。你好，古怪蛇。"我以为当时就我一个人，但其实帕特里克走在我身后，他说："我一直以为你疯了，而现在我知道你确实是。"
>
> 哦。

第二个发言的人加入这段很长的对话时，你可以看出她到底表达了哪些想法——虽然这发生在第一句话（"我讨厌蛇"）和第二句话（"你还记得比克内尔夫人吗？"）之间，如果这些想法要通过英语语言产生，那将耗费相当长的时间。此外，虽然第一句和第二句话之间很长时间的思考会涉及很多语言，但这些语言并没被说出来，也没有身体其他部位参与（如舌头、嘴唇、下颚以及身体其他部位，这些部位在说话时都会加入运动）——它是无声的语言，甚至只是短暂而有意义的一瞥，如果说出来的话，估计快得像录音机发出吱吱声那种速度。思考的速度超过语言的速度、最快的打印机的速度。无声的语言有那么快吗？理想情况下，我们可以设计一个实验来测量出那种情况下无声语言的速度。如果我们做不到，如果我们不能想出一些办法来测量，无声语言是否具有思考的特征（如飞快的速度），那么，我们的观点将无法被证明。

但即使没有实验证明，我们也可以通过思考听力残疾人（指那些以手语为主要语言的人）语言和思维的速度这个案例，来对“语言等同于思维”这一假设进行归谬。听力残疾人打手语，往往要通过两个手势来表示一个字，那么他们思考的速度只有健全人的一半吗（假设他们是用手语来思考）？此外，一些听力残疾人在丧失听力前就已掌握了口语，我就有这样的朋友，他们能以正常的语速说英语。那么这些人在说话时思考的速度是打手语时的两倍吗？在我看来，这简直太荒谬了。

思维是思维，语言是语言，二者截然不同。

本章关键词

language and thought　语言和思维

linguistic determinism　语言决定论

第五章

手语是不是真正的语言？

Are sign languages real languages?

几乎所有听力健全的人，都会在现实生活中或电视上看到听力残疾人通过移动手部、头部、身体来相互交流。他们运用的这种动作—视觉语言，被称为手语。许多听力健全的儿童也都知道美国人所使用的手势字母，他们也能和成年人做少量手势，但大部分听力健全的人没有听力残疾人朋友。

对最后一句话，你可能持反对意见。作为一个听力健全人士，你可能有一个因为年纪增大，听力逐渐退化或已经丧失的朋友。因此我想把失去听力的人分为两类，一类是起初能正常使用语言，后来因为受伤、生病、年纪大而失去听力的人，他们从未将手语作为主要沟通工具，他们是典型的听力残疾人。另一类人，他们因为听力困难或压根什么都听不到（原因可能多种多样），使用手语作为主要沟通语言——他们被称为听力残疾人（是一个没有听力的文化群体）。第一类人可以融入听力健全人群，而第二类人却普遍很难融入听力健全人群。

再次针对之前你可能反对的最后一句话，让我为你比较一下。让我们回顾一下 2002 年的一个数据，据估计，那时美国有 2400 万听力残障人士，其中一个重要比例是，这群人中的 300 万人被当成了听力残疾人，尽管现有统计数据显示，其中 200 多万人为听力残疾人（参见加劳德特大学研究所人口统计数据，http://www.gri.gaulladet.edu）。将这些数据和美国犹太人的数据相比较，美国大约有 600 万犹太人，其中不到一半人信仰犹太教（参见耶路撒冷公共事务中心人口统计数据，http://www.jcpa.org），因此在美国，信仰犹太教的人和听力残疾人数量差不多。许多不是犹太教的人也有信仰犹太教的朋友，相反，听力健全人很少有听力残疾人朋友。美国听力残疾人相较于听力健全人，有着独特的文化。

为什么？这个问题的答案将会很长，包括了本章将要回答的主要问题——手语是不是真正的语言？此外，因为接触语言并不是人类的基本权利，而是多种文明传递的手段。至少很多听力残障人士都曾在接触语言的过程中遇到困难（一部分在于接触主流语言文化），这将导致他们丧失一些基本权利。因为这个原因，这一章将针对语言和公民权的关系来详细展开。

我想让你找来 9 个朋友（加上你自己，总共 10 个人），大家一起在不使用手语的前提下来玩一个游戏，类似字谜游戏。给每个人一个带数字的卡片，上面有一段话，例如：

1. 我很害怕。
2. 你很高。
3. 他很吝啬。
4. 让我们游泳吧。
5. 我饿了。
6. 那只狮子很快乐。

7. 狗在哪里？

8. 你为什么那么做？

9. 你认为玛丽莲 · 梦露为什么和肯尼迪混在一起？

10. 上周二，当你承认你在赛马上把你姑姑一生的积蓄输光后，她说了什么？

现在，除了说话或做口型，每个人都可以做任意的事情，让其他人来猜测自己卡片上的句子是什么（如果你不想和朋友一起玩这个游戏，可以对着镜子自己做动作）。起初，你可能会觉得这个游戏很简单，但随着数字的增加，游戏的难度也逐渐增大。请注意，7 号句子很简单，而 8 号句子，在不说话的情况下要表达这句话的意思，该多么困难啊！拿到 9 号、10 号句子估计会让你不知所措吧。

和你的朋友讨论一下，为什么有些句子比其他句子更容易猜呢？用手指向特定的人，就能很容易地表示是在谈论我、你或他（如果存在第三方）。然而，你不能单独用指向的方式来谈论狮子、狗、玛丽莲 · 梦露、肯尼迪或者你姑姑。句子中的“害怕、吝啬、高兴、高、游泳”等词汇的含义比较容易通过面部表情，通过拒绝或游泳的动作来表达并传递，但想用动作来表达“哪里、如何、为什么、混在一起、承认、想、说”等词语的含义却很困难。而且，你又该如何表达时间范围，尤其是一些特别的时间点，如上周二？

所有这些英语句子中的信息，都能轻易地用手语表达出来。事实上，英语或任何其他语言中的任意句子都能用手语表达。手语可以传达各种关于人和物的信息，哪怕这个东西现在不在眼前（没法直接用手指出来），也可以表达特定时间（现在、过去、未来）和一些特定事项（如忘记买幼儿园老师要求你带去的蜡烛）。想想这些手势的结构形态与它们所代表的意思之间的关系意味着什么。就大多数手势来说，这种关系是不可预测的，事实上，它确实是随机的。

上面最后一句可能让你觉得很奇怪，但你再想想口语。为什么说英语的人称呼鸡为“鸡”？为什么我们称鞋子为“鞋子”？关于“鸡”或“鞋子”这个词的发音，其实一点都不能让我们联想到它的意思。如果通过词的发音就能猜出词的意思，我们大概就能猜出大部分语言中的大部分词的意思，但可惜的是，语音并没有这个规律。你能通过发音猜出中文“ji”(小鸡)的意思吗？你能通过发音猜出意大利语中“scarpe”(鞋子)的意思吗？任何语言中的任何词，因为大多数词并不会代表其他意思，所以其发音和它所代表的意义之间的关系都是随机的。

有些词，它的发音和意义之间会有规律性关联。当我们说一个蜜蜂在嗡嗡嗡时，我们很容易就把“嗡嗡嗡”这个词的发音和它所代表的实际含义联系起来，以至于感到在发音和词义之间有种可预见的对应关系。这些词被称为拟声词。实际上，如果你在英语中看到一些发音和含义一致的词（尤其是表示动物叫声的词，比如喵喵喵、哞哞哞、喔喔喔），你就会发现其他语种中对应的词常常（很可能）并不容易辨认。事实上，当使用一种语言的人，去猜另一个语言中拟声词的意思时，结果常常千奇百怪。因此拟声词的含义也有问题（语言学家经常就此进行讨论，并从很多细微而合理的方面对概念进行修改，使得概念更加普适化——在一些语言里，某类词的发音与其含义之间有规律可循，我们可以发现其语法规则）。

然而，即使你认为有些词是拟声词，但很明显，大多数词并不是拟声词，因为它们的意义和某个特别的发音之间没有必然联系。语音学家们开展了一些研究，如问人们某个特定的词为什么代表这个意思，结果这些人压根不知道。这个问题正说明，词的发音和它的含义之间并没有必然联系，语言并不具备这个规律。虽然我们没有明确讨论过，但其实大家都了解这个事实。语言学家开展过一项研究，在一位说英语的意大利人面前放了一碗意大利面，有人问他，为什么他称呼这碗东西为意大利面。他看了看语言学家，然后答非所问地说："这东西看起来是意大利面，闻起来是意大利面。"他尝了一口又说，"这就是意大利面！"

基于上述研究，我们可以很轻松地发现一个真相：手语结构和其所代表的含义之间基本是随机的关系。手语和其他语言一样，词表中的词在表现形式（无论是手势还是口述）和含义之间的关系都具有随机性。

尽管这是一件自然而然的事，但考虑到人们对语言的了解，大多数人还是会感到难以置信。毕竟要发现假设甚至得出完全相反的结论是件很不寻常的事情——结论就是大多数手势都是图像，对很多词语来说，想要用类图像的手势来表达拟声词几乎是不可能的。所以，为了看懂手势的含义，我们需要知道手势的结构。

伸出你的惯用手（就是你写字用的那只手），因为我们大多数人是右撇子，我假设你现在伸出了右手。如果你是左撇子，那么做下面的动作时，就做必要的改变吧。伸直你所有的手指和你的手掌，并将除了拇指外的所有手指紧紧地并拢。现在，将你放平的手平放在你的肋骨前，掌心向下、指尖背对身体。将你的手腕从身体的中心移到身体的一侧（如果你用右手，则将它从左往右移动），仿佛你放平的手碰到一个起点后，在空中轻轻弹起，再来到终点（就像你在空中轻拍一个地方，然后仅通过手腕运动抬起手并移动它，再在空气中拍第二个地方）。如果我的方向感足够好，那么你刚刚做的手势是一个美国手语中的词——"孩子们"（按照惯例，这个手势表示小写字母）。

如果你能上网，就可以登录美国手语词典网站并查看这个手势。我推荐一个网址：http: //commtechlab.msu.edu/sites/aslweb/。但如果你现在没法上网，我将继续为你描述下一个手势。

现在，用同一只放平的手再做一次同样的动作（从左向右移动你的手），但这一次，手掌心朝上。你已经做了一个美国手语中的手势。如此一来你就会发现，手掌的方向也能用来区分不同的符号。

现在，将双手放在自己面前，手掌互相抚摸，右手（常用的那只手）掌心朝下，另一手掌心朝上。当你握住左手时，保持手掌的接触，左手保持不动，轻动手腕以使右手从左到右移动（你不能猛地弹开上面的手，上下手要始终保持接触）。你已经完成了美国手语中的“奶酪”一词的手势（实际上，这个典型的独立动作包括反复移动手腕的动作，但在快速沟通中，只移动一次手腕就算表达完这个词了）。因此，你在哪里移动惯用手做动作（放到你的肋骨前或放在你另一只手的上方），换句话说，这个手势会因手的位置不同，代表不同的符号。

现在，把你的惯用手收回到肋骨前，再次面对这只放平的手。移动手腕——但这次移动是为了便于指尖上下移动。你已经完成美国手语中“弹跳”一词的手势。不同的手部动作也能表示不同的符号。

现在，把你的惯用手放在肋骨前，手掌心向下，再从一侧向另一侧移动手腕，做跟“孩子们”手势一样的动作。这一次，只伸直你的拇指、食指、中指，这三根手指展开，另外两根手指向下卷曲。你已经完成美国手语中的“三十三”这个手势。由此可见，手掌保持的形状不同，也能代表不同符号。

从上面五个不同的手势来看，我们可以发现，当讨论手势结构时，有四个参数很重要：手掌方向、所放位置、动作、手掌的形状。当然手势中还有别的参数，但在我们的讨论中，考虑这四个参数已经足够。

我们仍在研究手语中符号的问题。如果一个手势能表明一个意思，那它的结构和含义之间必然是有规律的。因为我们通常看到手语的结构

（正如我们听到口语的结构），一个手势必然看起来像它要表达的意义。这就是某种参数的组合，若干个参数组合成一个手势，从而能表达出这个手势所代表的意思。哪种手势有能力成为标志性动作？有一些手语，它的含义和实际物品有关，用手的位置和动作来打手语时，可以合理地模仿这些物品。

再次伸出你的惯用手，将食指和中指伸直展开，剩下的三根手指保持完全向下，拇指尖压住另外两个指尖。如果你将这个手形放在面前，手掌心朝外，伸出的指尖朝上，你就做了一个“V”字标志，这个手势通常代表胜利。现在将非惯用手伸平，就像我们做之前五个手势时那样。惯用手伸出的手指，指尖向下，放到非惯用手上休息，这样你就做了“站”这个手势。看看这两根伸出的手指，怎么看起来就像一个人的两条腿站在非惯用的手掌上呢？现在，把伸出两根的手指弯曲，它们就会和非惯用手失去接触，然后再伸开，碰到非惯用手，你已经做了“跳”这个词的手势（就像许多美国手语词典中记载的那样）。此外，如果你弯曲这两根手指接触非惯用手，伸出的手指指关节放在掌心上，你做出的就是“下跪”这个词的手势。

这些手势似乎和它们所代表的含义比较接近，但是让我们来做个测试，就像前面说到拟声词时做过的测试。做一个手势，然后问一个不懂美国手语的人，这个手势代表什么意思。当我和学生们一起做这个测试时，他们的反应天差地别。但如果我向他们比画出“站”的手势，并告诉他们这个手势所代表的含义，然后再比画“下跪”的手势，他们一般都能猜对。所以，只要指出这个手势和其含义的类比后（两根活动的手指被比作人的两条腿），他们就能随着象征意义，猜出包含这个手势在内的其他相近手势的含义。此外，如果你在其他地方的手语中看到这个手势，你也很难猜出其对应的含义，就像口语中的拟声词那样。换句话说，如果象征性存在于所有手语中，它也只能影响词汇中非常少的一部分。

你可以说服自己相信这一事实，手语的词汇和其对应的含义之间的关系是随机的，看看两个听力残疾人一起做手势就会明白。假如这些手势真有象征性，我们在对手语一无所知的情况下，应该也能猜出它的含义。但事实上，我们不能。

还有一点需要说明。有时，当一个手势首次被创造出来时，它具有高度的象征性，但是随着时间的推移，这个手势往往会失去其象征性，特别是当象征性和语音体系冲突的时候，我们来看两个例子。手势“跳”，早前更多被用于描述画十字，然后，许多母语是手语的人做这个手势时，始终保持弯曲 V 字的手形，即他们在表达 V 时用弯曲的手指或伸直的手指时，压根不变化手形（在一个手势中变化手形，在语音体系里不太受欢迎）。于是，这个手势就不再那么具有象征性。如果它还具有象征性的话，它将表示在一个人的膝盖上跳动。第二个例子是关于手势的记录。起初两只手都伸出放在胸前，而食指指向前方，剩余的手指向下弯曲，双手的食指平行，沿顺时针在空中画圈，仿佛有一面垂直的墙挡在做手势的人面前。然而过了一些年，这个手势变了。右手沿顺时针画圈，左手沿逆时针画圈（两者反向对称在语音体系中较受欢迎）。任何一个手势记录系统都会立刻记录这个手势。

这些例子不仅显示，随着时间推移，手势的象征性在逐渐消失，也说明手势和口语一样会随时间而改变。对我们的讨论很重要的是，在这个过程中，孤立的各个词汇将根据手语的语音规律和原理来改变语音形状（单个手势的语音形状能在四个要素中反映出来），就像口语那样。因此，历史证据也从正面证明了手语的语言地位。

神经语言学为这个观点添砖加瓦。大脑成像显示，理解手语时，左脑的大量神经元都在工作，和我们理解口语时运用的神经元区域完全一致。换句话说，无论依靠的是口语 / 听力还是动作 / 视觉输入，语言就是语言。有趣的是，对于母语为手语的人群来说（与青春期才学习手语的人群不同），不仅左脑神经元在工作，右脑神经元也会工作。这个发现并不令人惊讶，因为视觉由右脑神经元活动控制，它和我们的讨论相关是因为，这表明从青春期才开始学手语将错过一个关键时段，就跟口语学习一样。任何人错过了那段时间后再学习手语，都将成为非手语母语人群（虽然他们也能流利并很好地做出手势——正如一种口语的使用者，如果该语言不是他的母语，他后来学习也能学得很好一样）。

现在，关于做手势，我还想再说最后一点，我希望这点不会混淆之前的结论。虽然独立的手势不具有象征性，但在手语对话时，可能会在空中做一系列的手势。如一位女士用手语表达“我正在独自开车，然后看到火焰从左边的一栋公寓大楼喷涌而出。我立刻停车，跑到对面的药房里请求帮忙”。在比画这个过程时，她在身前用手势表达，左边有一栋公寓楼，并指着这个之前比画的楼的顶端，作出火焰的手势。然后她将手指从这个公寓楼移到自己右侧，以表明药房隔着一条街，正对着那栋着火的公寓大楼。她可能会用到“跑”的手势，或者在她比画出的药房那边快速移动手指的位置。比画这句话时——这些手势表明了不同物体间的相对位置，通过快速或慢速的移动表明动作的类型——仿佛在空中绘画。手语这么做并不让人奇怪，因为手势要通过视觉接收。

因为这样一些实际情况，手语语言学家经常将冰冻词汇（你在字典中发现的词汇）和生产性词汇（你在对话中为表达特定动作所创造的词汇，例如上一段所描述的那种词汇）加以区隔。生产性词汇仍具有象征意义（像所有语言那样），这些手势在上下文环境中更容易理解，在真实语境中，这些词汇将和地点相类比，并表明在这些地点发生的活动，（用手、胳膊、头、躯干）做出的这些动作，会和实际发生的动作相关联。

总而言之，手语是真正的语言——它们并不只是散乱的手势，它们也不具有象征性。所以学习手语和理解手语，跟学习、理解任何一种口语语言一样。

我们将在第十二章中再次讨论关于听力残疾人、口语和公民权的相关问题。

本章关键词

sign language 手语

signed versus spoken languages 手语和口语

第六章

动物有语言吗？

Do animals have language?

你可能听说过猩猩、大猩猩会打手语，或者你读过蜜蜂跳舞的故事。很多人包括一些生物学家都认为，这些例子表明动物有语言。这个问题中最需要解决的是，确认语言到底是什么。为此，我开始了一项非正式调查，调查对象为语言有缺陷的不同人群。我询问的第一个人一直在围绕信息传递的概念打转。毫无疑问，一些关于语言的例子都包括了信息的传递。我们一起来看个例子，假设我发现一根树枝从我家院子前面的一棵巨大而古老的银枫树上落下，露出腐烂的树心。现在我知道，我家的树生病了，我收到了这个信息，但这个过程中有语言吗？当然没有，我家的树并不会使用语言。因此，有信息传递并不足以证明语言的存在。

其他人谈到沟通时却有不同观点。例如一种有目的的沟通方式，在这种交流过程中，消息提供者试图传递信息。在这里，语言无疑是一种有目的的交流工具。那我们再来看个例子，我儿子卧室里东西乱七八糟让我很生气，我把它们扫到一起，这堆很大的垃圾堵住了他卧室的门。当他回到家，会把东西都挪开然后进卧室。我传递信息，他收到，沟通就这样有目的地产生了。然后，把他的垃圾扫成一堆并不是一种用语言沟通的例子。我们有无数方式可供沟通，其中很多方式并不需要使用语言，这个例子只是其中之一。

那么，你对语言又了解什么呢？你可能会回答，语言肯定涉及声音、口语，但我们可以通过书写和比画来运用语言，并非所有的语言案例都有声音。此外，我们还能制造出很多不属于语言的声音，声音对于语言的出现既不是充分因素，也不是必要因素。

你对语言可能了解很多，那么这句话呢？

好多乌云从不甜蜜地奔跑（the into runs sweetlying never clouds）

你可能不希望听到这样的句子，这句话和以下这句美国著名语言学家乔姆斯基的名言有什么不同呢？

无色的绿色思想狂暴地睡去（Colorless green ideas sleep furiously.）

这两句话都毫无意义，但第一句明显更糟糕，它在很多方面都比第二句差。尽管从句子结构来说，它没什么问题，但它确实没有表达出任何意思，我们甚至没法称之为一个句子。

对语言的描述，语言学家称之为语法，它包括对许多规则的明确表述。关于声音和文字形式以及句子结构和意义，有许多各式各样的规则，在使用它们时我们经常是无意识的。但当一个句子违反规则时，我们却很容易发现它有问题。第一句无意义的话——好多乌云从不甜蜜地奔跑——不论你是否能清晰描述其中的规则，你都会觉得这句话很糟糕，因为它违背了单词、句子结构方面的规则。我还能从地球上现存的其他语言中找到几个类似的例子来说明这点，包括手语（但我将不得不提供一段录像，由某人来比画出这些毫无意义的手语）。由此可见，语法包括一系列描述语言的规则，一条语法就是对构成某个语言的模块的一段定义。

你对语言还有什么了解呢？在第一句无意义的话中，“the”的位置有误。它后面有一个介词，在英语中“the”不应该跟在介词后面。同样，“clouds”距离“the”太远了。你看到诸如此类奇怪的用法时，就知道“the”的位置有点问题。有人教过你关于“the”在英语中应放在哪里的规则吗？如果英语是你的母语，你天生就知道。无须任何人仔细地教，你自己心里就会明白这些东西。这就是关于语言的另一个重要事实：即便没有正式指引，我们也有能力掌握它、学习它，我们天生就可以。这就是语言的另一个定义——它的先天性（关于这点，你可以从第一章获取更多信息）。

考虑一下你能表述的事情范围，比如这样的句子：

> 嘿，孩子们，你妈妈昨晚离开了，但是别担心，当她能接受死亡这个词的全部意义时，她就会回来。

（这是一个朋友说的，但的确是个很有用的例子）。通过按照给定顺序发出某些声音，说这句话的特定人向特定人群（孩子们），指出了某个人（孩子们的母亲）不在那里，时间不是现在（而是昨晚，他们的妈妈遇到某个事情的时间），抽象概念（担忧和死亡）。这种提及非实体存在物（如地点、时间）的能力叫移位。可以使用移位指出抽象的事物，这对人类语言来说是很常见的能力。

现在来看看这句话：

> 要做出真正好的香蒜酱意大利面，你需要购买一种扁平的意大利面，它比意大利扁面再宽一些——叫细扁面（trenette）——当意大利面快煮熟时，你需要在锅里加入四季豆（细的，或把它们纵向切成两半）以及非常薄的土豆片。

听到这段话的人很可能去购买细扁面、四季豆和土豆，但我们不会认为这个人会去五金店或去外面挖个鱼塘。在正常情况下，人类会将词和句子的意义联系起来，并做出反馈。这通常不是随机或简单的反应。

最后，这一章会出现很多你以前从未读过或听过的句子。人类非常富有创造性，于是我们可以把新奇的想法表达出来，而非简单重复一段话。按照形态规则，我们可以把有意义的单词重新组合，创造出新词（例如，demousify 这个词表示如果你想干掉房子里的老鼠），根据语法规则，我们可以将单词重新组合并创造出新句子（如你刚才读过的句子）。

关于语言，我们还有更多东西可以讨论。但以下这 6 条标准足以帮我们确定，动物行为是否能证明动物存在像人类一样的语言。

1. 可能构成语法的规则。
2. 先天性。
3. 位移。
4. 指出抽象事物的能力。
5. 存在有意义的单元（如单词），能让听众做出相应反馈行为。
6. 创造新奇事物表达方式的能力。

关于动物语言的研究，包括了对蜜蜂、鸟、海洋哺乳动物和各种灵长类动物的研究。其中的一些研究涉及信息素、性行为的气味等。在这一章中，我将研究其他类型的现象，这些现象可能为语言状态提供更好的证明。对蜜蜂的观察表明，蜜蜂群会派出侦察蜂来寻找食物。当确定了食物所在的地点后，侦察蜂会返回蜂巢，召集其他蜜蜂帮忙，一起把食物带回来。首先，侦察蜂会给其他蜜蜂一些食物样品，以便他们了解目标，然后会通过跳舞的方式展现食物所在地。舞蹈有两种形式，当食物距离蜂巢 100 米以内时，它们会跳圆形舞。当食物在更远的地方，它们会跳摇摆舞。蜜蜂跳摇摆舞的速度传递了食物所在地的相关信息，地点越远，舞跳得越慢。最后摇摆的力度表明食物的质量。

关于食物源，蜜蜂不仅需要知道它距离蜂巢多远，还需要知道它所在的方向。通过圆形舞似乎没法表明方向，或许是距离比较近，方向就不太重要了。其实，在舞蹈中，蜜蜂已经通过自己头的朝向指明了食物的方向。蜂巢通常是垂直的，如果认为蜂巢的顶端和太阳的位置一致，当蜜蜂在笔直向前的方向上表演舞蹈时，食物源则位于太阳的正下方；如果蜜蜂头偏离垂直方向 60 度，则食物源位于与太阳呈 60 度角的地方。

迄今为止，我们研究了四种蜜蜂的舞蹈，其中三种蜜蜂在跳舞时都会发出低频声音，这种声音对于传递信息似乎很关键。这三种蜜蜂白天或晚上都可以跳舞，似乎并不在意跳舞时的视觉环境优良与否。只有一种蜜蜂跳舞时始终保持沉默，且只在白天跳。由此看来，在这些案例里，蜜蜂即便没在意视觉信息，貌似也可以通过声音传递信息。

看了舞蹈的蜜蜂，通常都可以毫不费力地找到食物源，但有时候也会遇到些困难。比如，在蜂巢和食物源之间出现障碍物，侦察蜂就没法确定地给出障碍物的方向，其他看了路线图的蜜蜂就会朝着食物源笔直地飞过去，当它们遇到障碍物时，就会飞高一些越过障碍物，即使侦察蜂飞回蜂巢的路线更近。最终，后来的这些蜜蜂会自己找到捷径。而且，如果蜂巢倒塌在地或被撞歪，导致蜂巢不再保持笔直，侦察蜂跳舞时会以太阳当时的方向而不是蜂巢的顶端作为参照物。然后，如果蜂巢处于黑暗的封闭式环境，比如为了做实验，科学家将蜂巢放到盒子里，那么描述食物位置的信息将失效。

尽管这段描述简短且不够完整，但已经清晰地表达了要点。从这些情况来看，蜜蜂的舞蹈是语言的一种形式吗？它肯定有规则（符合第1条），展现了不在眼前的食物源的位置（符合第3条），舞蹈是有意义的单元，看到舞蹈后蜜蜂会作出相应的反应（符合第5条）。如果食物的品质被认为是抽象事物，那么舞蹈也具备表达抽象事物的能力（符合第4条）。关于这种舞蹈是否具有先天性，虽然一些研究人员假设蜜蜂有，但我还没读到过相关的科学实验报告。不过起码能确定一点，这种舞蹈缺乏创造力。虽然蜜蜂的舞蹈能描述食物的位置和质量，但它能表达的参数还是太有限了，甚至不能稍微偏离上述参数。比如，它们无法描述一个新食物源，哪怕它非常接近原来大家都知道的食物源。这表明，它们缺乏将舞蹈中有意义的单元重组，以描述一个新奇事物的能力（第6条要求具备这一点），而我们人类则可以利用语素生成新词，并有无穷多的方法将单词组合成新句子。显然，蜜蜂之间有交流，但这种交流方式只符合人类语言特征中的三或四个点，所以仅因蜜蜂有表示距离的舞蹈就认为它具有我们人类意义上的语言，合适吗？

鸟鸣也被广泛地研究过。鸟鸣能传递信息，无可争议，我们观察和记录的鸟鸣信息包括：

> 我在这里/让我们结成夫妻吧！/附近有捕食者/我发现食物啦/我发现水啦/咱们家在这上面

不同种类的鸟，鸟鸣也各不相同，即便是同种鸟，鸟鸣也会因地区不同而有差别。也就是说，鸟类也有方言。新西兰的雄性鞍背鸟，当和别的地区的鸟交配时（一般为寡妇），会很快学会她的方言（有时只需要 10 分钟）并搬到她那里居住。因此，鸟类能学会方言，甚至第二种鸟语（类似于我们的第二语言）。它们甚至可以通晓多种鸟语（类似于能说多种语言的人类），模仿其他鸟类的鸟鸣甚至非鸟鸣的声音（例如链锯或汽车警报声）。刚出生的小鸟就能很快学会鸟鸣，学会鸟鸣似乎是它们先天就具备的能力。人类曾在人工养殖的白冠麻雀中开展过这个实验，幼年雄鸟如果在最初几个月没有听过成年雄鸟的鸟鸣，将无法学会它所出生的那个地区的鸟鸣。这表明，就像人类学语言有关键期一样（详见第一章），鸟鸣的学习似乎也有个关键期。

鸟鸣的结构也遵守一定规则。例如，知更鸟的鸟鸣有好几种旋律，并可在不同程度上重复，但这些旋律虽然都是按照某种规律发出的，其他种类的鸟无法理解。然后，与此同时，鸟鸣中还有数量可观的即兴作品，通常是用来表达某种情绪。事实上，当母鸡、火鸡或其他鸟类第一次碰面时，它们通常会停下来互相观望，并发出不同的声音。然后它们会朝不同方向攻击或并排啄食。鉴于这一系列的反应，似乎鸟类能传递更为多样化的信息，其他鸟也并非按照预设方式响应，而是会根据收到的信息做出不同的反应。

那么，鸟鸣与人类语言有多大程度的相似之处呢？鸟鸣有规律，具有先天性和有意义、能让听众产生反馈行为的单元。但它似乎没有位移，鸟类似乎无法通过鸟鸣描述昨天出现的捕食者，它们只能描述现在的捕食者。鸟鸣描述抽象事物的能力也很有限（例如快乐和危险）。像蜜蜂一样，鸟鸣能传递很多东西。鸟鸣所传达的信息里，参数不像蜜蜂那么明显，比如，鸟类无法互相描述刚刚发生在旁边谷仓里的事情，它们没有必要的语言创造力来完成这项工作。跟蜜蜂一样，它们的沟通系统无法将有意义的单元通过各种各样的方式重新组合以描述各类事情。

有人可能会争辩道，鸟类能学习人类的语言，所以鸟鸣是一种人类可以使用的语言——在阅读了布兰迪斯大学的艾琳·佩珀伯格博士关于非洲灰鹦鹉亚历克斯的研究后，有人可能会认为鸟类有学习语言的能力。亚历克斯有着丰富的词汇量，据说可与四岁或五岁的孩子媲美。以英语对它描述物体的材质、颜色、形状、数量，亚历克斯就可以识别出该物体，它可以根据这些标准来区分物品。它知道某种食物的名字，例如坚果，即使这个食物不在面前，它也能说出它需要这个食物，这一点显示出语言的位移特性。它能用语言正确地表达情感，甚至在行为失当时还会道歉，这展示了它运用语言表述抽象事物的能力。那么亚历克斯有语言吗？它肯定已经学会用语言指令来表达需求并得到预期的回应，这种能力只能用鸟类有类似人类语言机制的大脑神经来解释。然而，佩珀伯格博士认为，亚历克斯并不能像人类那样交谈。它的发音行为难以捉摸，所以她并不认为亚历克斯有语言。

大多数对海洋哺乳动物语言的研究都集中在海豚和鲸鱼。在交配季节，雄性座头鲸会唱着多达十个旋律主题的歌曲，有时一唱一整天。所有大西洋里的雄性座头鲸都唱着相同的歌，而所有太平洋里的雄性座头鲸也唱着相同的歌，但这两组歌却并不相同。没有人知道这些歌曲的确切目的，因为鲸鱼对这些歌似乎毫无反应，即使如刚才提到的，这些歌会持续一天。当它们进食时，蓝鲸会唱一类歌，而在交配季节，也许为了适应繁殖需求，雄性蓝鲸会唱另一类歌。这是研究人员目前发现的，鲸鱼行为所展示出的最接近语言的东西，它有结构、有先天性。它的行为是否是具有意义的单元，则取决于那些在进食和求偶时发出的声音是否能得到合适的反馈。但鲸鱼的歌是否具备人类语言的其他三条重要基础特征，目前还没有证据能够证实。

每只大西洋宽吻海豚都能发出一个独特的口哨声，科学家称之为签名。此外，海豚遇到危险时也会对着一群伙伴发出警告的口哨声，每群虎鲸（虎鲸是一种海豚而非鲸鱼）似乎都有独一无二的求救呼号。因此当一群虎鲸的求救呼号被记录下来，并放给另一群听时，另一群只会出于好奇而做出反应。海豚的这种行为，展示了语言的结构性、先天性、描述有限抽象事物（如危险）的能力。至于这个行为是否是有意义的单元，则取决于你是否认为，海豚遇到危险时逃走和防卫的动作是听到示警口哨声后的一种反馈。无论如何，海豚的交流至少缺乏两个人类语言的基本特征，包括我一直在强调的描述新奇事物的创新能力。

一些科学家试图将人类语言传授给海豚，就像一些科学家教鸟儿说话那样。用手势表示物体（如冲浪板、球和人），方向（右、左、上、下），动作（取物），然后教海豚这些手势，让海豚根据这些手势作出相应的动作。它们的确能正确地理解这些新动作。因此，如果海豚看到这些手势的顺序是人—冲浪板—取物，就能毫无困难地理解为“把冲浪板给那个人”，当顺序是冲浪板—人—取物就会自然地理解为“把人带到冲浪板那儿”。显然，海豚在这些实验中，能认识到语言的结构规则，对有意义的单元作出相应反馈。然而，这并不能告诉我们，海豚发出的声音本身是否能构成语言。就像鹦鹉亚历克斯那样，与人类能用语言表达事物的程度相比，这些海豚能做到的非常有限。

灵长类动物——包括黑猩猩、大猩猩、倭黑猩猩等——是研究动物语言的又一大类目标。黑猩猩有好几种类型的叫声，如咕噜、尖叫、喘气、哀号、大笑、吱吱声和鸣叫。它们用这些声音来通知其他同伴食物的位置，在追捕猎物后宣告捕杀成功，遇到危险或其他猛烈袭击时会发出警告，辨认同伴（就像海豚的口哨签名一样），表达满意或平静。然后，它们的姿态、面部表情、肢体动作在交流时所起的作用会更大。然而，这些交流方式并不能表明它们的语言能够描述抽象事物，也没有研究表明黑猩猩有语法。

另一方面，一些研究者认为他们能教黑猩猩人类语言，就像佩珀伯博士教鹦鹉亚历克斯那样。而使用手语时，因为黑猩猩的身体机能，导致它们无法发出人类语言那样的声音。有一只叫华秀的黑猩猩，十个月大就开始在猩猩和人类沟通研究所学习美国手语。当它第一次看到天鹅时，它比画出鸟和水的手势。它为天鹅创造了一个复合单词——这显示了创造语言的能力，又或者这仅仅是比画出它看到的两个物体？当它成年后，一只名叫路易斯的黑猩猩被带到它身边当它的养子。科学家并没有像教华秀那样教路易斯手语，但华秀自己教了。当路易斯 5 岁时（1984 年），它能使用 132 个可清晰辨认的美国手语字符（还有一些它使用的手语字符存在争议），显然，这个现象说明，路易斯从华秀那里学会了手语，证明了语言的先天性。另一方面，这些手势也可能仅仅是母子嬉戏时的模仿游戏，因为华秀通常也会模仿科学家们的手势。

一只名为可可的雌性低地大猩猩也接受了美国手语的教育，它积累的手语词汇量超过了其他非人类的动物，达到 1000 多个。在已知的所有动物学习语言的实验中，可可对美国手语掌握得最好，小学和中学大多会播放可可做手势的视频。

一只叫坎齐的雄性倭黑猩猩通过其他方式学会了一些语言。像黑猩猩路易斯那样，坎齐的学习案例非常有趣，并没有人有意识地教它语言。相反，科学家们试图教它母亲通过键盘交流，键盘上有很多符号和几何图案能表示单词。就像人类的孩子学习语言那样，坎齐通过观察，用自己的方式学会了使用键盘。当科学家们认识到这一点后，他们积极教导坎齐，后来坎齐能理解 500 多个英语单词和大约 200 个符号。它的行动还表明，它可以理解语法规则，能利用语言的位移特性，创造新句子；它能用键盘结合行动，对听到的英语作出合适的反馈；这一切让它看起来似乎学会了语言。虽然它掌握的语言比人类小孩还少，因为一个三岁的小孩就能自发说出新奇的词和句子，而它不能。这一实验证明，倭黑猩猩有学习语言的能力，或许他们的大脑有语言机能，但没有证据表明他们有属于自己的倭黑猩猩语。

长尾黑颚猴有三种不同的发声方式，一种是叫别的猴子往上跑，一种是叫别的猴子躲在树丛中，还有一种是叫别的猴子留神地面情况。每一种似乎都是为了躲避捕食者（当豹子来时，你就爬到树上；当老鹰来时，你就藏进灌木丛；留神地面以防有蛇）。这些明显都是有意义的单元，符合人类语言的一项特征，但是否具备其他五项特征，没有得到证实。

在我看来，这些发现都没有提供令人信服的证据以证明，动物自身使用的自然语言，符合之前列出的人类语言的六个特征，虽然鸟鸣出人意料地跟人类语言模型最接近。当然，对动物语言的研究要比对人类语言的研究少很多，而近期一些研究推翻了之前关于动物语言的部分错误假设。例如，除了狮子，大多数成年猫科动物具有独居性。我们可能认为，如果猫科动物有语言，狮子是最有可能展示出人类语言特征的一种动物。事实上，一直以来，狮子就被观察到能发出很多种声音，如咕噜声、呻吟声、喘息声、咆哮声、轰鸣声、猫叫声（通常幼仔会发出这种声音）、隆隆声、嗡嗡声。它们用这些声音来召唤幼仔，幼仔也用这些声音召唤成年狮子，这些声音能表达警告、威胁、快乐等等。通常它们的声音还伴随着面部表情，如耳朵的方向、鼻子上的皱纹、眼睛的扩大以及上唇的抬升。相反，人们认为独居的老虎非常沉默，只会偶尔发出咆哮声和咳嗽声。然而，事实证明，老虎的咆哮比之前人类想象的更频繁，他们的咆哮声在音高上很低，大约 18 赫兹，低于人类能听到的频率范围。这么低的咆哮声在茂密的森林中也能传播很长距离，因此也许老虎也有狮子那样的“语言”。

毫无疑问，未来的研究将揭示动物之间交流的其他事实，但除非能产生和过去研究非常不同的结果，否则，动物间的交流看起来和人类语言仍有很大差距。如果动物有使用人类语言的能力，就像我前面提到过的灵长类动物，它们并没有在自己身上使用。人类的语言能力由一种叫 FoxP2 的特定基因来承载，包括灵长类动物在内，其他动物的 FoxP2 蛋白质结构都和人类有所不同，似乎是人类基因的独特之处能满足人类用语言描述各类事物的需求。另一方面，动物间的交流虽然和人类语言不同，但也有其自身的复杂性，特别是不同类型的动物。

本章关键词

animal communication　动物间的交流

animals and language　动物和语言

第七章

计算机能学习语言吗？

Can computers learn language?

2008 年我修订这一章时，人类已经可以通过多种方式与计算机进行语言交互。举个简单的例子，当我在学校里拨号时，系统接入学校总机，语言自动应答系统将播放事先录好的声音，让我说出想接通哪个人。当我说出人名，语音自动应答系统将回答："你说的是 ××？"如果我给予肯定的回答，系统会自动为我接通那个人的号码；如果我给予否定的回答，语言自动应答系统会对我说抱歉，然后将线路转至人工服务。在这个过程中，起作用的就是语音识别系统。语音识别系统问世已经有好多个年头，并被广泛应用在许多场景。我有一位患有脑瘫和四肢瘫痪的朋友，她配置了一台电脑，这台电脑的内置程序会识别她的声音，并将她说的话都打出来，多年来她一直用这个程序来"打"出她的话。毫无疑问，通过电脑识别语音完全可行。

因此，当我们听到"计算机能学习语言"这个说法时，并不会产生疑问，虽然我们应该有所怀疑。语言学习是一个复杂的过程，并不仅仅包含语音识别。当我们问"计算机是否能学习语言？"时，我们其实是在问，我们是否能像和另一个人对话那样，和计算机对话。

早在1950年，人们就一直在问这个问题，并试图基于英国数学家艾伦·图灵的研究，设计出能够给出肯定回答的计算机程序。图灵设计了一种竞赛，在这种竞赛中，提问者可通过键盘输入问题，并在两位应答者中猜出哪个是人类，哪个是计算机。他预言，不出五十年，计算机程序就能被判定为“人类”。

在20世纪60年代，程序“伊莱扎”被研发出来，它只会把输入的句子转变为问题，因此和“伊莱扎”之间的对话被戏称为和心理咨询师的交流。从那之后一直到现在，其他计算机程序也陆续被开发出来，每当我们上网使用搜索引擎时，都是在和电脑做基本对话。

如果你想尝试了解一下目前人机对话方面的新进展，至少有两方面能引起你的兴趣。一个是a.l.i.c.e.（http://www.alicebot.org），你输入任何陈述句或问题，a.l.i.c.e.都会从数据库中找到一个陈述句或问题来答复你——这个数据库中有海量内容。然而，在2001年春，我的一个学生用这个问题难倒了a.l.i.c.e.：“如果土拨鼠能抛木头，一只土拨鼠能抛多少木头？”另一个有趣的人机对话新进展是黛西（http://www.leedberg.com/glsoft），这个程序压根没有预设答案。黛西会将你输入的东西存储下来并使用。因此，当你第一次和它交流时，它看起来对什么都一无所知（只能不断重复你输入的内容），但如果你花上大量的时间和它交流，它将逐步完善，能和你开展相对连贯的交流。

尽管图灵提出那个预言时，人们以为，那似乎是一个很合理的预测，然后五十多年过去了，我们仍然没能开发出一款程序，让计算机能够像人一样参与对话交流。将来能行吗？此时此刻，这个问题的答案还需要探索。然而，一些猜测包含更多信息。为了让你做出更有意义的猜测，让我们抽样出一些对话进行分析，并了解计算机是否能进行这样的对话。来看对话1：

A：你要去哪里？（Where are you going?）

B：我要去上学。（I am going to school.）

考虑到这次谈话的内容，我们可以了解一些最明显的事实。首先，有人作为 A 说话。我们知道，计算机也可以产生话语——无论有程序预设（如 a.l.i.c.e.）还是没有（像黛西）——因此 A 可能是人，也可能是计算机。

B 的应答建立在能理解 A 所说的话的基础上。当然我们知道，计算机在一定程度上可以"理解"人说的话，即在一定程度上分析句子，认出动词，将"你"当成主语，以及将"哪里"识别为询问位置问题的词。它们也能将句子和相同的动词、恰当的主语、可能的地点组合起来回应——通常以"去"开头（例如去工作、去杂货店，而本段对话中是去上学）。然而如果你大声读这些句子，你会觉得不太自然。除了 B 的回答，哪些回答听起来会更自然些呢？下面这句：

C. 学校。（School.）

在非正式对话中，我们通常会用句子中的几个词而非整句话来回答。即使我们用整句话回答，也不会将每个单词都分开读（I am going），而是会将两个单词连读（I'm going）。

普通语言和生硬语言之间的这种差异，凸显了口语和书面语的不同。虽然两者都会随时间而演变，但书面语言的演变通常滞后于口语。你可能会表示反对，认为刚才的对话中，如果是个大人物说了对话中 A 那句话，那么 B 以这样的句子回应就可以接受，说 B 这句话的人因语境而礼貌地使用正式用语。在不同对话中，我们将语言的差异性发挥得淋漓尽致——例如，在和老师、上司、医生交流时，用词更正式；在和兄弟姐妹、最好的伙伴、相同年纪和背景的人交流时，用词更随意。追求用词自然的计算机程序在设计时必须面对这些问题，虽然对人类来说，这些都是自然而然的事。

然而，这些问题并不妨碍互相理解。如果这是计算机程序唯一需要面对的问题，那么人机自然交流的前景将很美好。我们再来看看其他面临棘手问题的对话。一起来看对话 2，它起初由这么一个问题引起：

D. 怎么了？

现在考虑一下这些可能的回答（不用担心问题 D 要怎么写）：

E. 没多少了。

F. 上午有考试。

G. 帕里什海滩有派对。

H. 介词。

I. 当然是北边。

J. 谷歌。

如果你是一名学生，你可能以 E、F、G 或其他一系列可能的答案来回答。如果你在上语言学课，H 将是很好的回答。如果你站在一墙的地图前，你可能会以 I 作答。如果你在看股票页面，你可能用 J 作答。

换句话说，话语存在于特定的语境之中。虽然有时语境对其影响很小（如某个场景中一个学生问另一个学生，是否有什么特别的事情发生），但有时语境会导致恰当的回答只存在于一个很小的范围之内。

语句不仅要对语境中的特定情况敏感，还需要关注文化习惯、自然现象、数学、历史等信息。简而言之，任何事情都会为对话创造相关语境。例如：

K. 我们要结婚了，爸爸。

L. 亲爱的，快过来，拿四杯香槟。

父亲用句子 L 表达了他的赞同和喜悦，在我们的认知里，喝香槟是一种庆祝活动。

M. 我今早又呕吐了。

N. 哦，我的上帝，什么时候生？

当理解到句子 N 是句子 M 的恰当回应时，我们是基于这样一个常识，晨吐常常是怀孕早期的一个表现。

O. 他试图绘制一幅假想的国家地图，至少需要四种颜色才能保证每个相邻的国家都可以用上不同颜色。

P. 傻瓜。

把句子 P 看作是句子 O 的合理结论，我们是基于这样一个数学常识，不可能需要四种颜色来画这么一幅地图。以自然对话为目标开发的电脑程序，必须对上述不同的语境都比较敏感。因为人们会进入不同的地点，用不同的感官了解周围的环境，所以这些庞杂的问题没法消失。人们在经历世间各种问题的时候不断学习，积累的知识使得他们在面对语言交流时能做出合理反馈（参见第二章关于“语用学”的讨论）。另一方面，计算机程序因为没有感官和认知能力，所以没有机会获取相关知识，以便它们理解上面那些例句的语境。

我们能轻易制造出家庭和办公室用的移动电脑，当然机器人也已经被发明出来了。此外，我们可以给它们配备摄像头，让它们拥有类似视觉的设备；安装磁带录音机，以便它们能拥有类似听觉的东西；加上热度、温度、重力等物理特征感应器，以便它们有类似触觉的东西；增加各种气味传感器，以便它们拥有类似嗅觉的东西；增加甜味、咸味、酸味的传感器，以便它们拥有类似味觉的东西。如果我们输入了足够多的信息，电脑也能像人类感官那样，感受到最常见的东西。但不那么常见的东西呢？比如细微的细节，我们就是靠这些细微的细节来理解世界的。

计算机可以学得很好。一个著名的案例就是国际象棋计算机“深蓝”，它可以在比赛进程中适应新策略。尽管如此，计算机的学习方法会限制它们学到的知识。例如，“深蓝”能从上百万可能的棋步中选择合适的走法，但它用的推导和策略无法让它理解国际象棋棋局。它速度很快但优势有限，类似的限制也将影响计算机使用语言的能力。

你可能会反对涉及语境的问题，毕竟这类问题在日常沟通中产生的障碍并没那么多。如果我们只考虑纯粹的语言学问题，计算机可能处理得更好。那么看看下面的例子：

Q. 约翰在窗台上吃馅饼。

馅饼肯定在窗台上，但约翰也在吗？他可能在。比较这两个句子：

R. 约翰在餐馆里吃晚饭。（John ate his dinner in the restaurant.）

S. 约翰吃了装在那个可爱小袋子里的糖果。（John ate the candy in that cute little bag.）

虽然都有介词“in”，对句子 R 来说，当约翰吃饭时，他在餐馆里。对句子 S 来说，当约翰吃糖果时，他本人不在小袋子里。一台计算机必须在编程时就设定，所有句子里的介词短语被分析为，要么修饰它的紧前名词（产生名词是在那里，但吃这个动作并不发生在那里的感觉），要么修饰动词（产生吃这个动作发生在那里的感觉）。当计算机完全不知道约翰与这些地点的相对大小时，它该如何选择呢？当然，我们可以给计算机提供一个大数据库，里面包括在现实世界里单词和结构一起出现时，这个单词和地点相关的概率（相比在袋子里，人们更可能在餐馆里吃饭）。然而，如果我们的句子表述的是一个冷门地点时，人类可以通过上下文正确理解，但计算机却会陷入混乱。此外，如果数据库没有就一组给定的词记录下它俩的相关性（例如我们提到壁橱和吃糖果），电脑也将不知所措。在这种情况下，我们人类会在头脑中建立一个默认结构，这种结构在通常情况下出现的概率比其他所有结构都高，然而准确的可能性通常也和这种默认结构的概率一样高。

据估计，在英语中，如果我们只考虑 20 个及以下单词组成的句子，数据库将大约有 10 的 30 次方个句子，其中大多数句子可能有多种理解方式。例如下面这个愚蠢的小句子：

T. 我看见了她的鸭子。（I saw her duck.）

例子 T 中，我可能看到一种动物或一种动作，可能做了锯鸭子的可怕动作，也可能看到了文胸带（duck 有这个意思）。而句子 T 只有四个单词，单词更多的句子更令人望而生畏。

此外，想想这几句话：

U. 弗吉尼亚为什么这么抓狂？

V. 我姐姐丢了她的书。

在用句子 V 回复句子 U 时，姐姐可能丢了她自己的书，也可能丢了弗吉尼亚的书，甚至是某个第三者的书，因而要理解后一句话，我们需要了解更多前述语句或其他语境信息。现在，将句子 V 和另一个可能的回答 W 对比下：

W. 我姐姐失去了她的冷静。

和句子 V 相比，句子 W 中的“她”只有一个解释——姐姐。计算机又如何知道这个情况呢?

指令会带来其他类型的问题。人与计算机执行以下指令时，理解将大不相同：

X. 录下晚上 9 点 10 频道的《法律与秩序》。

还有下面这条指令，是我学生想出来的：

Y. 如果今晚有哈里森 · 福特的电影，就录下来。如果是《美国风情画》，就不麻烦你啦，因为我已经有那部片子了。

虽然我对计算机有朝一日能够执行指令 X 持乐观态度，但指令 Y 就比较难了。指令 X 涉及激活 DVR（数字视频录像机）的“录制”功能，并在特定时间选择特定的频道。它甚至不要求计算机扫描电视节目列表。也就是说，《法律与秩序》将是晚上 9 点在 10 频道唯一播放的节目。然而，指令 Y 要求计算机扫描电视节目列表，识别哪些是电影，找出特定的电影《美国风情画》，确定其余电影是否有哈里森 · 福特参演，然后在所有适当的时间和频道上激活 DVR 的“录制”功能。这个指令属于布尔查询，网络搜索引擎一直在执行这样的指令。然而，在通常情况下，我们要给搜索引擎提供“类似”词表、“不重要”词表以及核心词表（即在它们的定义域中），以便引擎在一定范围内执行搜索指令。像 Y 这样的指令，我们会要求计算机从普通的句子入手，提取操作的相关信息，然后将它们与正确的词汇准确地关联起来，这项任务要困难得多。

无论计算机如何处理人类语言，都会遇到本章所讨论的问题。当我们要求计算机处理多种语言时，比如在计算机翻译程序里，问题将更复杂（参见第三章关于翻译的内容）。正因如此，我严重怀疑，将来人机对话能否与人类之间的对话毫无分别。最后我还想给你们留一段话供你们思考，包括一个问题和一系列答案的列表。结合本章内容，当计算机遇到这个问题时，会面临怎样的理解困难？

问题：你为什么不进那个房间？

答案：蜘蛛。

迷信。

没有鞋子。

没有窗户。

没有理由。

我不会告诉你。

你猜。

本章关键词

computational linguistics 计算语言学

computers and language 计算机和语言

第二部分 社会语言
Language in Society

第八章

某些人的说话方式会比其他人更好吗？

Can one person's speech be better than another's?

使用同一种语言的人讲话不会都一样，电视里出现的语言就千差万别。你可能看过电影或话剧版的《窈窕淑女》，在该剧中，亨利·希金斯就坚持认为，英国女王所说的英语才是英国上流社会（乃至全世界）最高贵的语言。那么问题来了，某些人的说话方式会比其他人更好吗？这个问题本质上从属于一个更大的问题：某一门语言会比另一门更高级吗？尽管本章只关注说话方式的差异，但是类似的问题在符号语言中同样存在。

在我们回答这个问题之前，我们需要思考另外一件事。首先来看下面这几个句子：

Would you mind if I borrowed that cushion for a few moment? ①

Could I have that pillow for a sec? ②

Give me that，would you? ③

---

① 该句大意为“您介意我借这个枕头用一会儿吗？”。——译者注

② 该句大意为“我可以用一下这个枕头吗？”。——译者注

③ 该句大意为“把那个递给我，可以吗？”。——译者注

这里的每一句话都可以用来请求别人拿一个枕头给自己。

可是哪一句或者哪几句话适合对一个陌生人说呢？如果你用的是第一句，那可能意味着这个陌生人与你有着非常大的差异（比如很年长或身份尊贵）。可能你想表示你很懂礼貌、有气质，或者自己对于对方并不会构成威胁。注意这里的用词，我们使用的是“cushion”（垫子）而不是“pillow”（枕头）。枕头放在脑后，一般在床上使用。如果你想避免任何亲密关系的暗示，即便很明显你需要的是一个枕头，你也有可能会使用 cushion 一词。

下面来看第三句话。大多数人很难想象自己会对一个陌生人说出这样的话。我曾经加入一个叫“切斯特社区改善项目”的团体，去给那些郊区的穷人们修缮房子。当我和一个陌生人一起往墙上砸钉子的时候，汗水顺着我们的眉毛不停地往下滴，在我跟他说话的时候，我毫不犹豫地使用了类似第三句话的这种语气。说出这么一句非正式的话，我是在暗示或者说试图营造一种友好的感觉。

当然，想象一个可以和陌生人说上述第二句话的场景并不困难。

那么，对于一个非常熟悉的人，你又会说出哪一句或是哪几句话呢？当然，每一句话都没有错。但是如果你使用第一句话，可能会有点儿冒犯对方。不难想象，当你对朋友说出这句话的时候，语气一定是阴阳怪气而不是彬彬有礼的。至于后两句话，可以使用的场合就更多了。

这里我想表达的是，我们掌握了很多适用于不同场合的语言。我们可以把话说得很高雅，可以说一些日常用语或是非正式的口语，我们还可以根据具体情况来选择适用于不同场合的语言，来实现预期的表达效果。因此，我们的说话方式可以有许多不同的变化，比如更改描述事情的方式（句法）或是使用的词组（词汇或单词）等。

其他一些常见说话方式的变化，涉及发音的规则（音韵）。读者可以尝试运用不同的方式把上文的第三个例句大声地念好几遍。对比 give me 和 gimme 以及 would you 和 wudja 的不同[①]。当我们在说出一连串单词的时候，我们很可能会把它们连读，在说出一个单独的词语时，我们也可以有很多种不同的表达方式。比如 intersting（有趣的）这个词，可以在许多正式程度截然不同的场合使用。或许你正常（最没有特点）的发音包含了三个音节“in-tres-ting”。然而，这个词的发音也可以包含四个音节，这时候听起来应该类似“in-ter-es-ting”[②]。最接近该词拼写方式的发音（“in-ter-es-ting”）是最为正式的，也正因如此，有时人们会在开玩笑的时候这样说（例如在说“very in-ter-es-ting”这句话时，very 一词的发音带有明显的外来口音，或是把那个 e 的音拖得特别长）。

所以，不论是谁，每个人的说话方式都有着丰富的变化，并且你所涉及的不同类型的语言圈子越多，你所能拥有的变化就越多。打个比方，在和我母亲的亲戚聊天的时候，我会说“I hate lobster anymore”，但是在和其他人说话的时候，表达同样的意思我可能会说“I hate lobsters these days”。[③] 这个例子里 anymore 的用法对于某些特定地区的人来说习以为常（南北中地区，指从费城向西经过宾夕法尼亚州南部、西弗吉尼亚州北部、俄亥俄州、印第安纳州和伊利诺伊州到密西西比河的地区），但别的地方的人可能听不懂。再比如，我习惯和我的妹妹说“Ain’t nobody gonna tell me what to do”[④]，但是我从不会对包括我母亲在内的其他任何人这么说——除非我是想用这个例句来阐明社会语言学的观点。这种话语一般表明对话的双方存在一种特定的情感，而这种情感并不属于我们的母亲所向往的那个社会阶层。在最近的一个图书管

① 这里 gimme 和 wudja 分别是 give me 以及 would you 的口语缩读。——译者注

② 这里原文为“in-er-es-ting”，应是笔误。——译者注

③ 这里两句话的意思都是“我最近很讨厌龙虾”。——译者注

④ 该句大意为“难道就没有人能告诉我该干什么吗？”。——译者注

理员大会上的演讲中，我说了这样一句话，“That had to change，for I，like you，do not lead a charmed life”[1]，但是在和其他任何人的对话中，我可能都不会这样说话——这只是演讲中的表达。类似的，你还可以回想一下你在电子邮件中使用的语言，然后与你在讲笑话时所用的语言做个对比。

尽管我们无法确切描述语言的使用规则，但是我们确确实实会在不同的语境下使用不同的语言。我们会尝试各种不同的变化，从最近的发音与词汇的不同，到句子结构及措辞的变化等等。当语言表述的变异足够大和足够多时，我们所讨论的问题就变成了方言间的区别而不仅仅是表达上的差异了。因此，美国波士顿上流社会和底层社会的语言可以叫语言上的变异，但是伦敦的上流社会和底层社会间的语言（女王英语和伦敦佬的口语）则很可能被当成英式英语的不同方言。当方言和方言间的区别足够大，以至于人们相互都很难理解，并且 / 或者不同的方言承载了不同的文化、政治状态时，那我们所讨论的问题就变成了不同的语言（例如法语和西班牙语）。

在回到本章开始时所提出的问题之前，还有一点我想补充一下。我在课堂上总喜欢让学生们做一个“打电话”的游戏。我们把 21 张椅子摆成一排，然后大家自由选择座位坐下。然后我会对最中间的那个人悄悄地耳语一句很简单的话，比方说“和我一起去商店吧”。然后中间这个人分别向他两侧的人转述这句话，接下来这句悄悄话就会分别向两头传开。最后，第一个人和最后一个人会把自己听到的内容大声说出来。

然后，我们再做一个同样的实验，但是刚开始说的句子更复杂，比如这样的问句：“为什么要买一双白色的鞋作为冬天的运动鞋？”接下来，我们会选中间那个人比较熟悉的一门语言（这个人通常不会是我）

---

① 该句大意为“对于我，以及大家这样过着普通生活的人来说，那些必须改变”。——译者注

来说一个句子。而这一排中的其他 20 个人中，可能只有几个人略懂这门语言。比如，我们可能说的是法语“La lune, c’est magnifique”（意思是月亮很美）。再进一步，在实验中我们可以把传话的内容设定为只有最开始那个人能听懂的语言。

显然，通常第一个人和最后一个人说出来的两个句子截然不同。不仅如此，这种差别还会在我们接下来的一连串实验中变得越来越大。

之所以出现这样的问题，一部分原因在于听力理解的偏差。我们倾听和理解的方式不尽相同。当我们没有听清楚时，我们会要求别人重复所说的内容。然而，有时我们并没有意识到自己没有听清楚一些东西，直到我们不恰当的反应被纠正。有时候，对方没有纠正我们，那么这种沟通误会就一直存在，并导致其他一系列的问题。

我们这个实验中所出现的问题，还有一部分原因在于复述。你可能说的是“我上的经济学课很无聊”，而“经济学”那个词的发音是从“eek”开始的。而我在重复这个句子时，可能会把“经济学”这个词的第一个音节念成“ek”。如果你会说法语，那你在读 magnifique 这个词的时候肯定和我的发音完全不同。在高中或者大学的语言课堂上，老师可能会就某些词的发音纠缠不休——但总是有些学生没有办法模仿到让老师满意。一个语言学家跟我说过这样一个小故事：一个小女孩介绍自己的名字叫“Litha”，和她说话的那位大人重复道：“是 Litha 吗？”小姑娘回答道：“不，Litha，Li-tha。”大人又问：“是不是 Lisa？”小女孩笑着说：“对！”复述不一定准确，会导致各种变化。

听力理解和复述的偏差，是导致语言随时间不断变化的两个重要原因。当罗马大军抵达高卢[①]、伊比利亚半岛以及向东北来到现今的罗马尼

① 现今西欧的法国、比利时、意大利北部、荷兰南部、瑞士西部和德国南部莱茵河西岸一带。——译者注

亚境内时，他们带来了大量使用街头拉丁语的人口。然而，随着时间的流逝，高卢地区的街头拉丁语逐渐发展成了法语；而在伊比利亚半岛西侧产生了葡萄牙语，中东部地区则出现了西班牙语；在罗马尼亚，这种方言发展成了罗马尼亚语。不仅如此，这种街头拉丁语在意大利半岛上也在不断变化，最终演变成后来的意大利语。

除了上文提到的听力理解和复述，另外一些因素也会影响语言演变的速度和方式——但是要知道，语言总是在不断变化的，过去是如此，未来也将继续。

历史上有很多政治组织试图控制语言的演变过程。在法国大革命期间，一个掌权派曾经认为一门标准的语言会有助于国家统一。牧师们受命调查教区内的口语情况时发现，不同的地区往往有着各种不同的方言，并且许多方言和巴黎的方言有着显著的区别。此后，法国各地都开始建立小学，并且所有教师都需要熟练掌握巴黎本地方言。这种教育改革的效果起初并不明显，直到 1881 年，当国家教育开始具有强制性并对公众免费之后，标准方言（也就是巴黎的方言）才开始占据主导地位。尽管如此，其他地区的方言虽然遭到了压制，但却依然存在，更重要的是，所谓的标准也在不断变化。今天的标准法语和 1790 年时的巴黎方言截然不同。不仅如此，随着新的亚文化圈的出现，法语的一些新变化也已成型。即使地理意义上的方言被压制，社会方言也始终顽强地存在甚至不断发展。变化才是语言的根本规律，它将永远伴随着我们。

现在，让我们回到本章开头的问题，一个人的说话方式是否比其他人更好。这其实是一个很严肃的问题，因为我们对某些说话方式的态度会影响我们对待说话人的态度，不论是在日常生活还是在工作或商务场合都是如此。接下来我将使用“标准美式英语”（这个词有很多问题，在下文中会越来越明显）来指代那种我们经常在电视和广播的新闻报道中听到的那种英语。虽然非中西部地区的人往往喜欢把这种标准英语称作中西部英语，但它其实未必和某一个特定地区有关。这种英语更容易被人与中产阶级、白人而不是社会底层或黑人联系在一起。

好几年前，我的一个学生曾经分别用标准美式英语和她自己的亚特兰大口音（她是来自亚特兰大的白人）来朗读詹姆斯·乔伊斯的一篇文章。她把自己的朗诵录下来，然后播放给一些陌生人听（他们都是宾夕法尼亚州斯沃斯莫尔的居民，包括各个年龄层的成年人），而后她进一步向听众提出一些事先准备好的问题以收集对方的反馈信息。她没有告诉听众两种不同的朗诵其实是由同一个人完成的（更不会说这个人就是她自己）。所有受访对象毫无例外地觉得那个用标准美式英语朗读的人应该更加聪明、教育程度更高，并且绝大多数人都认为那个亚特兰大口音的朗诵者应当更加和善、悠闲。虽然这只是一个比较小也不那么正式的调研，但是其结果和更大规模的研究相吻合。

有研究表明，对某些说话方式的偏见会导致歧视。举例来说，华盛顿大学的约翰·巴格教授主导了一项语言对租房成功率的影响的研究。在这项研究中，他首先找寻那些打出广告的出租人，然后用各种不同发音方式的英语给对方打电话咨询租房事宜。比如，在一个电话中，他会使用标准美式英语（也就是白人的发音）；另一个电话他会模仿非洲裔美国人的说话方式；最后，他还能说拉丁裔美国人的英语（巴格自己是非洲裔美国人，从小生活在洛杉矶的中产家庭，他有许多拉丁裔的朋友。因此，他可以熟练地使用上述三种英语）。在每一通电话中，他都会用完全相同的方式提问，并且，他也会控制打电话的顺序（比方说，他有时先用拉丁裔英语打电话，有时先说非洲裔英语，有时先用标准美式英语）。每一通电话里，他都会问对方，自己在广告里看到的公寓是否还在招租。这个实验的结果是，当巴格使用标准英语提问时，得到肯定答复的次数要比用另外两种口音提问时多。因此，当比较语言的各种变化时，我们对“更好的说话方式”这种说法一定要慎重。

当我敲响我朋友的房门，而他在里面问“Who’s there?”（门口是谁？）的时候，我通常会说“It’s me”（是我），而不是“It’s I”（还有一种更不可能的说法是 It is I）。你是不是也会这样？再进一步，你是不是完全下意识地就这么脱口而出了？或者说，你是否曾经被教导后者才是正确的回答方式？如果你会脱口而出这句话，那么你的说话方式就包含了一些古英语的规则——来自过去的一些小“化石”。我们的语言中都会保留一些类似的“化石”。在说“我和你不一样”这句话时，我会说“I’m different from you”，而现在大多数人更习惯的说法是“I’m different than you”。我在 different 一词之后使用 from，这是很典型的老一辈的说话方式，在当今社会并不常见。有些人会对这些古语更加执着，使用的时间要比别人更久。即便是对语言的发展最为包容的人也会有一些自己常用的古语。所以，你不必因为自己的语言中有这些“化石”而感到难为情，它们本身就是语言的一部分。

然而，如果你会有意识地去说“It’s I”——因为你曾经被告知这才是正确的表达，那么在这种情况下，到底“正确”的含义是什么？如果过去大多数人会这么说但是现在人们已经不这么说了，那么认为“这才是正确说法”的理由无非有两个：一是你很尊重这些过去的习惯（我们大部分人都会如此），二是你觉得英语中有某条具体的准则规定了“It’s I”是正确的表达而“It’s me”是错的。

接下来我想把“It’s I”和“It’s me”这两种不同的表达做一番仔细的比较，通过这组句子的对比，我相信我们可以讨论很多常见的关于语言的观点。首先我们来看那些由于尊重传统而偏好“It’s I”的情况。许多人都有这种崇尚过时表达的情结，他们喜欢听别人也这样说话。出于某种原因，语言在这种情况下被区别对待了。显然，在其他场合，例如数学或者物理学的研究中，我们并不总会觉得过去的方式才是更好的。那么，为什么到了语言这里，我们总会觉得改变就是一种退步呢？

如果过去的表达方式比现在更好的原因仅仅是前者更老，那么你祖父的口语应当比你的父母要好，而你的曾祖父的语言水平又应当比你的祖父来得更高。乔叟[①]所说的英语比莎士比亚所说的英语更加高级吗？我们还需要历数乔叟之前的伟人吗？显然，按照这个逻辑发展下去，就没完没了了。如果“古老”是评价语言好坏的唯一标准，那我们可以直接回溯到史前时期。

另外一个理由——认为“It’s I”更符合 一条被“It’s me”所违背的语法——则是能说得通的（如果这条规则确实存在的话）。认为“It’s I”更正确的学院派会这么理解：be 动词前后的名词从语法的角度来说是平等的——所以他们自然应当使用相同的格。

这里我使用了一个语言学的名词：格。为了分析理解这个词所代表的含义，我们一起来看下面几个匈牙利语的句子：

Megnézhetem a szobát?　　May I see the room?[②]

Van rádió a szobában?　　Is there a radio in the room?[③]

Hol a szoba?　　Where’s the room?[④]

在这里，我将这几个句子用正常的英语表达方式翻译出来——而不是逐字翻译。你能找到对应英语“room”一词的匈牙利语单词吗？我希望你挑选的是 szobát、szobában 和 szoba 这几个词。这三种不同的形式

---

① 杰弗里·乔叟，英国中世纪最伟大的诗人。——译者注

② 该句大意为“我可以看看那个房间吗？”。——译者注

③ 该句大意为“那个房间里有收音机吗？”。——译者注

④ 该句大意为“那个房间在哪儿？”。——译者注

可以视为同一个单词的不同变体。不同形式间的差异被称作格位标志。匈牙利语的教科书通常会说，像 szoba 这样的单词形式会用在句子的主语中，szobát 这种形式多见于句子的直接宾语，而 szobában 这种形式则表达了地址等信息（类似于英语中介词 in 的含义）。所以，一个单词可以有很多不同的形式——不同的格——取决于它在一个句子中所起到的作用。

英语中名词并没有不同的格（唯一的例外是所有格的名词，例如 boy's book 中 boy's 的表达）。所以，在上文翻译匈牙利语句子的示例中，"room" 一词是没有变化的。然而，英语中的代词却有各种不同的形式，例如：

I like tennis. ①

The tennis racket is mine. ②

Everyone likes me. ③

上文这三个例句说明了第一人称单数的几种不同变化：I、mine 和 me。它们将主格（I）和所有格（mine）以及其他格（me）区分开来。

现在，让我们回到 "It's I" 这个例子上来。be 动词左右两侧的单词必须等价吗？在下文的三个例句中，不同的词组出现在了 be 动词的另一侧。在这里，"NP" 指的是名词词组（noun phrase）：

Bill is tall. ④	NP be AP
Bill is off his rocker. ⑤	NP be PP

---

① 该句大意为"我喜欢打网球"。——译者注

② 该句大意为"那个网球拍是我的"。——译者注

③ 该句大意为"所有人都喜欢我"。——译者注

④ 该句大意为"比尔很高"。——译者注

⑤ 该句大意为"比尔很反常"。——译者注

Bill is to die for.[①]　　　　　NP be VP

tall 是一个形容词，这里的形容词词组（adjective phrase，AP）恰好由唯一的一个形容词组成。off 是一个介词，并且是介词词组（preposisional phrase，PP）off his rocker 的一部分。to die for 是一个动词词组（verb phrase，VP）。因此，be 动词两侧的单词并不需要有相同的词性。

但是，在“It's I”这个句子中，be 动词两侧的单词均为名词（It 和 I），所以有人可能会说，在这种情况下两个单词有相同的词性。让我们通过主谓语的一致关系来检验一下这种说法是不是站得住脚。英语中的动词会与主语保持一致，不论主语出现在动词的前面还是后面：

John's nice.[②]

Is John nice?[③]

Can one person's speech be better than another's?[④]

然而，在我们研究的这些句子中，be 动词与其左侧的名词词组保持一致（尽管只是一个单词 it），而非右侧的词组：

It's I.

*It am I.

显然，没有人会说“It am I”这样的句子。因此，be 动词右侧的名词词组并不是这个句子的主语，也就是说，在 be 动词左右两侧的名词词组的地位并不是一样的——it 是主语，而 I 不是。

或许有人会认为，这两个词组的等价在于它们所表达的含义而非语法层面。让我们进一步分析这一观点：it 和 I 在“It's I”这个句子中所

① 该句大意为“比尔非常惹人喜爱”。——译者注
② 该句大意为“约翰人很好”。——译者注
③ 该句大意为“约翰人好吗？”。——译者注
④ 该句大意为“某些人的说话方式会比其他人更好吗？”。——译者注

表达的意思真的是一样的吗？注意，我们也可以说：

It’s you.

实际上，在 It’s 后可以接很多不同的代词。it 在这些句子中并没有什么具体的意义，它只是一个占位符，与 it 指代时间及天气时在句子中所起到的作用类似（但不完全一样）：

It’s four o’clock.①

It’s hailing.②

然而，例句中的 I 是有具体意义的，指的是说话者本人。所以，it 和 I 在“It’s I”这个句子中所表达的意义也是不一样的。

总之，从语言学的各个角度看，在“It’s I”这个例句中，be 动词两侧的词组都不是等价的，我们甚至还可以下一个更确切的结论。我们刚刚提到，由于 be 动词会与主语保持一致，所以显然这个句子中的代词 I 不是主语，it 才是。并且，在 be 动词之后的代词也不是表示所有格的含义。鉴于之前我们所提到的英语代词的三种形式，显然这里我们只能使用第三种形式（“其他格”），也就是 me ，而不是 I 了。换句话说，英语中对格的用法决定，“It’s me”才是符合语法的表述。

我并不是说“It’s I”这句话不合语法，我只是想告诉读者，在这些问题上，正确与错误可能并非像你想象中那么界限分明。实际上，我所能得到的结论仅限于：这个例句有不止一个关于格的语法在起作用。那些说“It’s me”的人遵从的是常规的关于格的语法。而那些说出“It’s I”这样句子的人则是参照了含有 be 动词的句子的特殊格法。重要的是，这两种不同的表达方式背后都有一套说话人所遵从的准则。他们所说的语言都是系统性的——他们并不是在信口开河。

---

① 该句大意为“现在四点了”。——译者注

② 该句大意为“现在正在下冰雹”。——译者注

这才是本章最关键的问题。当我们考虑语言的变化时，必须放下有关“错误”的概念，而去接受“模式”的概念。有些人由于遵照某些准则而创造了一种语言模式，而另一些人因为遵照着不同的准则养成了不同的语言模式（关于英语中几种不同模式的差异，可以访问西弗吉尼亚方言项目的网站 http: //www.as.wvu.edu/dialect）。从语言学的角度看，问一个人的说话方式是否比另一个人更好，无异于在问是否一种语言系统优于另一种。但是当我们比较不同的语言系统时，究竟该用哪些指标来评判呢？作为语言的使用者，当你在评判不同的说话方式时，你又会考虑哪些标准呢？为了回答这个问题，用你自己的说话方式来思考一下，你会认为自己的某些表达方式更好吗？如果有，是哪些句子呢？可能你会像绝大多数人一样，认为正式的、更有礼貌的说话方式要好些。但是，这一标准考虑的是人们在社会生活中的得体行为——行为往往反映甚至决定了一个人的地位。我们往往会觉得那些在社会、经济、文化等方面比较有影响力的人的说话方式更好，但这些与语言学的评判标准毫无关系。

现在，问问你自己，你会用哪些标准来衡量别人的说话方式？这样的问题到最后可能都会变成政治问题（你比较尊重哪些人）或者是关于个人经历的问题（你对那些说话方式更熟悉），而不是关于你所运用的语法规则的问题。首先来看一种常见的观点：某些说话方式听起来很懒散。在这里，你可以找出一段你认为很懒散的英语对话的录音，播放录音并尽量模仿它。有些人很善于模仿别人说话，但要想准确地模仿别人（任何人）的说话方式，你需要有非常好的听力、对自身发音器官的掌控能力以及对他人话语中发音规则的把握能力。所以，那些你认为很懒散的说话方式可能一点都不简单，只是在这类语言表达中，大量使用了一些特殊的发音方式。真正让说话方式与众不同的，正是各种语言表达所遵从的不同准则。

接下来，来看学习一门外语时会发生的故事。那些在课堂上对于学习理解一门外语很有信心的人，如果有机会去说那门外语的国家，他们往往会发现当地人的发音和自己在课堂上学到的完全不同。最大的不同往往是速度：正常的母语对话，语速可能非常快。当然，有些人会辩称，语速快是个很模糊的概念，可语速快却是一种显而易见、难以模仿的说话方式。语速快的背后往往存在大量的发音规则，所以说话很快需要对一门语言的使用积累足够的经验，直到熟练运用这些发音规则。

美式英语的使用者常常有这样一种错误的观点，即认为英式英语要比美式英语更好。一部分原因是上文已经提及的，人们出于历史原因对英音的钦仰。还有一部分原因与另一个误解有关：美国上流社会的说话方式较为接近英音——所以英式发音代表更高的社会阶层和更得体的说话方式。但是事实上，英式发音自身也是在随着时间演变的。所以，现代英音在很大程度上与美国人所推崇的老式英音完全不同。英语发音的变化在大不列颠群岛和美国本土都在不断发生，虽然有许多变化是较为保守的，但是对大西洋两岸而言，大多数发音的变化非常巨大。同时，和美国一样，英国的社会本身也是分层的，所以并非所有的英式表达都文质彬彬，可以代表上流社会。

语言学家认为，一门语言的不同变体——从各种方言到各种不同的发音体系——都是地位相等的语言学公民。语言学家早已发现，所有不同的语言都系统地遵循一些共通的语言原理：从声音的组合到不同声音之间的相互作用，再到如何把单词、词组组织成句子以及如何赋予语言表达具体的含义。然而，这并不意味着所有的语言在本质上都是一致的。我可以在一首诗歌或一个故事中找出一行很美的句子，我相信读者也可以（尽管我们可能并不赞同对方的选择）。但是这一行美文可能是由不同的语言所表达的，例如古英语、现代书面英语、普通的现代英语、现代英语俚语、非洲英语、亚特兰大英语、意式美音的杨克斯[①]英语、菲律宾英语、中式美音的西雅图英语……在所有不同的表达方式中，我们可以采用最能触动他人情感和引起共鸣的表达，也可以选择最普通的方式。这些都是说话人的个人（艺术性或是政治性的）选择。

在第十二章，我会列举一些唯英语运动（English-only movement，EOM）[②]对于遏制英语在美国的各种变化的影响。然而，即便是在英语被定为美国的官方语言之后，英语的各种变种也是无法被完全消除的。真正遭受 EOM 运动威胁的，是大多数人所能接触到的不同语言的丰富多样性。一旦其他语言的变化遭到遏制，美国人自然就会开始认为英语才是一门更好的语言——因为他们再也听不到周围自己认识甚至尊敬的人使用其他的语言。从语言学意义上来说，绝大多数美国人会变得极度褊狭。考虑到全球化背景下不同文化之间的相互尊重，这种地方主义褊狭是很危险的。

实际上，一门语言的变化既是不可避免的，有时又是基于美学或者政治考量的结果。但是从实用主义的角度看，这一趋势并不意味着教育机构应当放弃让适龄儿童掌握一定程度的语言规范——不论这门语言有多少不同的变种。毕竟，现实中人们对语言的偏见比比皆是。一个无法用标准语言说话和书写的人很可能会在生活中遭遇各种挫折，从找到一份合适的工作到取得一定的社会地位，不一而足。

与此同时，我们所有人——尤其是教育机构——应当对各种语言变

① 杨克斯为美国纽约州城市名。——译者注

② 唯英语运动，又名英语官方化运动，指美国政府以官方操作使英语或为唯一官方语言的政治运动。——译者注

化予以尊重，并且以一定的方式来表示尊重。让我们来回顾一个众人皆知的案例：1996 年加利福尼亚州奥克兰市的学校委员会决定将埃伯尼语[①] 作为该地区所有非洲裔学生的官方语言。考虑到当时当地对于双语教育的行政拨款的法规，这一决定意味着该地区的学校可以获得一份额外的经费，用来对所有非洲裔学生进行双语教育：除了标准英语，还可以新增一门埃伯尼语。

当时这一事件引发了极大的争议，在我看来，主要是社会学因素。很多人认为埃伯尼语不应当出现在课堂上，因为该方言与特定种族相关。持这种观点的人有很多本身就是非洲裔美国人，他们并不希望自己的孩子在将来遭受语言上的歧视；他们担心学习埃伯尼语非但不会削弱语言学上对黑人的歧视，还会进一步加重这种歧视。有关埃伯尼语的争议，当时有很多书籍从各个不同的角度进行过分析（参考本章的延伸阅读）。然而，从语言学的角度来看，这一事件本身不过是一个关于双语（或双方言）教育的问题。如果你对当初的埃伯尼语争议事件很感兴趣，我建议你读到第十二章时也别忘记它。

总之，语言的变化，我们所有人都不能置身事外。并且，作为一名语言学家和作家，我相信我们应该尽情享受它。鉴于人类文化的复杂性，以及语言是文化的结构这一事实，语言过去不会，现在不会，将来也不会一成不变。或许我们中的一些人比其他人的说话方式更好，但我们所有人的说话方式都会有好或者不好的时候。而这种好与不好的分别，在每一种语言、方言和说话方式中都屡见不鲜。

---

① 埃伯尼语指的是非洲裔美国人白话英语，也常被称为美国黑人英语。——译者注

本章关键词

AAVE 非洲裔美国人白话英语

Ebonics 埃伯尼语

language change and variation 语言变化及变异

sociolinguistics 社会语言学

第九章

为什么方言、克里奥语和标准语言不同？

Why do dialects and creoles differ from standard language?

对方言多样性和克里奥语的误解，导致人们普遍认为一些语言有缺陷，如表达不充分、不具体。事实上，人们很难容忍种族、性别、性取向或许多其他方面的歧视性言论，但却可以接受语言方面的歧视言论。本章的目的是促进对方言和克里奥语的理解，从而消除这些误解。在这个过程中，我们将会接触到一个关于克里奥语的重要事实，这个事实对于理解人类的思维方式至关重要。

在第八章中我们看到，语言会随时间而变化，这是一个明确易懂的规律。一些地区的语言创新能力很强，经过几百年时间，他们的语言可能变化非常大；其他地区的语言可能相对传统，变化并不大。尽管如此，随着时间的推移，每种语言都会发生变化。

在第八章中，我们还提到了导致语言变化的两个因素：听力理解和复述的偏差。然而，许多其他因素也可能与语言的变化有关。其中最重要的一点就是，与其他语言的接触。

美国社会的流动性很大，家庭和个人经常从一个地方搬到另一个地方。这种迁移会影响个体的语言，尽管这种影响通常很小，尤其对成年人来说。但它们并不会影响个人或家庭迁入地的语言。

例如，我的大女儿埃琳娜出生在波士顿，但她六周大时，我们搬到了北卡罗来纳州的教堂山。她一岁时，我们又搬到华盛顿特区，居住在芒特普莱森特地区，这是个多种族混居社区。她最好的朋友能说韩语、萨尔瓦多的西班牙语、非洲裔美国人的英语。她上了一个托管三岁幼儿的公共托儿所，这个托儿所除了有一个孩子说德语，一个孩子说韩语，其他孩子都是非洲裔美国人。然后她又去了一所公立双语托儿所，接着是幼儿园。这个幼儿园里除了一个孩子，其他都是母语为西班牙语的孩子。当她六岁时，我们又搬到密歇根州的安阿伯，她去了一所公立小学。虽然这所小学使用英语授课，但里面一半的学生是密歇根大学的外国研究生的孩子。她最好的两个朋友，母语分别是瑞典语和日语。她十三岁时，我们又搬到了宾夕法尼亚州的斯沃斯莫尔，她上了一所普通社区学校。她在高中时一直学习西班牙语和拉丁语。然后她在北卡罗来纳州的达勒姆上大学，在那里学习意大利语，然后去了宾夕法尼亚的费城读医学院。接着，她住过曼哈顿、图森和加利福尼亚州的阿卡塔，现在定居于蒙大拿州的米苏拉。在她生命的前二十二年里，她在家时听我们说英语，但暑假大部分时间在意大利各地度过。

如果你听到我的大女儿埃琳娜说话，我怀疑你能否猜到，她接触过这么多种语言和不同口音的英语。当我们第一次来到斯沃斯莫尔时，她说“苏打水”（soda）时，朋友们会纠正她，让她说“汽水”（pop）。她说单词“egg”（鸡蛋）时，元音发音和标准英语中 ate（eat 的过去式）的元音发音一样，但这个情况发生了变化。她从来没有学过费城口音，她的口音里也没有任何中西部的痕迹。我敢打赌，即使一个专门学习过美国各地口音的人，听她说话也会遇到很多问题。如果她一直在教堂山、华盛顿特区或安阿伯长大，她也许会有当地口音，但她接触过太多不同的语言和口音，导致那些有地域特色的口音反而都没了。

我们中的许多人都是如此：我们在一个地方生活很长一段时间以后，就会带上当地口音。然而，最重要的一点是，不管埃琳娜去哪里，她的朋友们都没有从她那里学到她之前居住地的口音。也就是说，埃琳娜没有让安阿伯的人染上华盛顿特区口音，也没让斯沃斯莫尔的人染上安阿伯的口音。埃琳娜的经历是个典型案例：孤立个体的语言并不会对一个群体的语言产生影响。

另一方面，如果有 3 万华盛顿特区的人，搬到当时只有 6 万人的安阿伯，在当地历经几代繁衍后，安阿伯人的口音将因外来人口而发生显著变化。然而，如果是 3000 名安阿伯人，搬到拥有 6000 人口的斯沃斯莫尔，且这 6000 人中还有 1350 名学生。那么在当地繁衍几代后，当地学校的孩子的说话方式可能会带有中西部的痕迹。

当然，大规模的人口迁移确实发生过。有时，移民人口比当地居民还多，移民语言直接取代了当地人的语言。英国殖民澳大利亚时，这一切就发生了：澳大利亚的土著语言几乎都消失了（最受欢迎的澳大利亚土著语言是瓦尔皮里语，截至本书写作时也只剩大约 200 人在使用）。当然，随着时间推移，英语在澳大利亚也出现了变化，并呈现出地域多样性。因此，澳大利亚人能据此判断出一个人是来自珀斯、墨尔本还是达尔文等地。现在，澳大利亚英语与英式英语、美式英语、加拿大英语、印度英语都有很大区别。然而，标准的澳大利亚英语与标准的英式英语、美式英语，相互间都很容易理解。因此，所以我们倾向于把它们称为各地区的方言，而不是单独的一种语言。

方言和语言有什么区别呢？从语言学的角度来看，这由两种语言交流方式之间的差异程度决定，因为两种方言的共性比两种语言要小。通俗地说，这在很大程度上是一个社会学和政治问题。如果一群人认为自己与另一群人在文化、政治、种族、性取向等方面截然不同，这些人可能更喜欢说自己的方言，而不是另一种语言。

在任何特定的时候都存在着一些方言，比如现在。然而随着时间的推移，这些方言可能会发生巨大变化，以至于没法再相互理解。在某个阶段，它们可能属于不同的国家，我们也将把它们称为不同的语言，而不再是方言。英语和德语就是个例子。之前，日耳曼部落移居到英格兰，这些移民的语言，以及留在原欧洲大陆的原始德国部落的语言，按照自己独特的方式发生变化，结果是今天的英语和德语没法互相理解了。他们有相近的祖先，就是我们称之为原始日耳曼语的语种，这意味着它们都属于日耳曼语族的相关语种，这个语族还包括荷兰语、佛兰芒语，以及挪威语、瑞典语、冰岛语、丹麦语和荷兰的斯堪的纳维亚语。

然而，移民并不总能消灭或取代土著语言。有时，移民语言会与土著语言共存，即两种语言都继续使用。如果移民人数足够多，并且停留的时间足够长，他们的语言就会对当地语言产生重大影响，以至于最终形成的语言与移民语言、土著语言这两种语言有很多共同之处。1066年，诺曼人进入英格兰并留下后，这种情况就发生了。古英语是一种日耳曼语，诺曼语是法国的一种方言，法语属于罗曼语族。过了很多代，诺曼语对英语各方面结构都产生了很大影响。以至于到今天，英语成为一种受法语影响很大的日耳曼语。

你可以在下述词汇中看到英语的这种混合传承。英语中“牙齿”（tooth）这个单词来自日耳曼语，而“牙”这个词根（dent-，比如dental，牙科）来自诺曼语。“猎犬”（hound）这个单词来自日耳曼语，而“犬”这个词根（can-，比如canine，犬、犬齿）来自诺曼语。“笑”（laugh）

这个单词来自日耳曼语，而“笑”这个词根（rid-，比如 ridicule，嘲笑）来自诺曼语。这种模式你能看明白吗？一般来说，较短的单词来自日耳曼语，而较长的单词中表达同样意思的词根（粘着词根）来自诺曼语。日耳曼语单词听上去往往很普通、粗暴乃至强硬，而基于诺曼语词根的单词往往会给人留下更特别、更有价值或更精致的印象。甚至一个本身就很简短的诺曼语单词也是如此。例如，小牛（calf）是一个来自日耳曼语的单词，用来指代动物；而小牛肉（veal）是一个来自诺曼语的单词，指这种动物的肉。通过使用诺曼语的称呼，我们仿佛可以看出肉与谷仓里的小动物有某种不同之处。即使是现今的俚语中，说话时也能感受到这种差异。让我们对比一下日耳曼语的“母亲”和诺曼语的“妈妈”这两个词，假设以下对话的场景是两个毛头小子正望着一位路过的女性：

孩子，她是母亲吗？

孩子，她是妈妈吗？

假设一下，你觉得这些年轻人更可能用哪个词来形容一个富有吸引力的女性？又会用哪个词来称呼一个毫无吸引力的女性呢？你能看出区别吗？也有些人会用妈妈来形容那些有吸引力的女性。可能是因为诺曼人作为统治阶级，拥有财富和财富所能买到的一切，因而他们的口音会让人联想到上层阶级以及一般意义上的好东西。

一个更常见的情况是，说一种语言的地区会与说其他语言的地区，或多或少有接触，但都没有诺曼语对于英语的影响那么大。在相对短暂而有限的语言接触里，例如一两代人之内，外来语言对土著语言的影响很小，并且这种影响通常仅限于词汇。一种语言从其他语言中借用词很快，借用发音较慢，借用构词和句子结构的规则最慢。因此，西班牙南部的许多方言尤其是西班牙语，都有阿拉伯语的影子，这来源于古代波斯帝国的入侵。但当地的构词方式和句子结构仍然是西班牙语的方式。这种情况的其他例子也很多，很常见。

然而，可能也会有完全不同的情况。假设两群人因为一起做生意而相互交流。他们各说各的语言，这两种语言截然不同。最后，假设在交易中占据主导地位的人所使用的语言将成为他们双方交流的主要语言，另一种语言则没有。例如，一种语言是法语，另一种是非洲当地语言的混合，这种情况出现在海地。另一个真实例子是，一种语言是英语，另一种可能是巴布亚新几内亚语言的混合。你认为会发生什么事呢?

如果你和一个日本人待在一间屋子里，你们两个说不同的语言，而那个日本人必须为你工作以完成一项特殊任务，你会怎么做？换句话说，你就是那个占据主导地位的人。你可能会使用手势、指向等方法，但你很快就发现，即兴手势极大地限制了你们的交流。因此，你还是需要使用语言交流。你是权威人士，所以你倾向于教另一个人一些常用的英语单词，而不是自己学说日语。也许你还会将你正在组装的一些机器零件、交流中需要用到的各种东西、一些操作动作都一一命名。这样一来，你们就可以开始工作啦！

现在，你们已经有了一些共同词汇，但是这些词怎么组合使用呢？语言并不仅仅是单词。你会说："当我把底盘架固定在这儿时，你能立刻把左边的第二个扳手拿来，把这个螺栓拧紧吗？"这句话词汇太多，句子结构复杂，理解起来并不容易。其中哪些词是你一定要说的？大概是：拿起、第二个、扳手、左边、立刻、紧、螺栓。简单起见，也许你会用"拿"替代"拿起"。出于同样的原因，你可能会快速重复说，而不是立刻说。"当我把底盘固定在这儿"这句话可能压根不需要说。因此，你可以试着把这些关键字串在一起："拿第二个扳手，左，快，紧螺栓。”因为漏了不少语言中的连词，这个句子听起来很糟糕，但可能还是能听懂。另一方面，它遵循正常的英语词序。

如果日本人试图向你传达同样的信息，用同样的词汇，她可能会这样说：“螺栓紧，快左第二个扳手拿。”在日语中，动词放在句子的末尾。

你和那个日本人使用的最低限度的交流用语，就叫洋泾浜语。洋泾浜语在世界各地都很常见。通常，权威人士的语言被称为上层语言，另一种语言被称为下层语言。洋泾浜语倾向于使用上层语言的词汇和下层语言的句子结构。为什么呢？一般来说，员工和雇主之间并没有一对一的关系，可能有一百个人在为一个权威人士工作。在方言的讨论中，你已经知道，使用一种语言的地区可以快速借用其他地区语言的词汇，但要在句子结构中进行创新则很慢。而说下层语言的人很多，这决定了洋泾浜语的句子结构。而且，一个人在使用洋泾浜语时，可能会按照自己的方法组合句子。事实上，不同使用者的发音和句型都很不稳定。

这有一个真实的日英掺杂的洋泾浜语句子，原本于 2000 年 4 月刊登在这个网页上：http://grove.afl.edu/~jodibray/LIN3010/Study_Aids/pidgin.htm，但现在网页已经被删除了。

da pua pipl awl poteto it.

the poor people only potatoes eat

“The poor people ate only potatoes.”（“穷人只吃土豆。”）

下面这个是另一个菲律宾语、英语掺杂的洋泾浜语的真实句子，也来源于上述网站：

wok had dis pipl.

work hard these people

“These people work hard.”（“这些人努力工作。”）

估计你已经猜到了，在菲律宾塔加拉语中，动词出现在句子的开头。

洋泾浜语是一种特殊的语言，没有人以此为母语。所有说洋泾浜语的人都另有母语。

当上述需要交流的情况出现时，洋泾浜语就会出现；当需要交流的情况消失时，洋泾浜语也会随之消失。不过，这种需要交流的情况通常会持续很长一段时间。在这种情况下，孩子们出生在说洋泾浜语的地区，处于独特的语言环境里，很小就会接触到洋泾浜语。

语言学家发现的最不可思议的事情是，诞生在洋泾浜语地区的第一代孩子，常能发展出自己的语言，这种语言被称为克里奥语，它采用了洋泾浜语的词汇，但句型规则和上层语言、下层语言都不相同。克里奥语的句型规则和其他许多语言类似，那是语言的天然规则。然而，更令人惊奇的是，世界各地的克里奥语言，尽管其上层语言、下层语言有差异，但这些克里奥语本身却有很多共同之处。鉴于世界上有一百多种克里奥语，这种共同特征的出现肯定不是偶发事件。在科技进步到可以实现大脑成像和其他实验以及发现 FoxP2 基因之前，克里奥语的这种结构是证明人类大脑存在语言机制的最有力证据之一。

克里奥语的典型特征有五个：

第一个特征是，说克里奥语的人倾向于使用简单的元音体系，一般来说只有五个元音。相比之下，以标准美式英语为例（对于“标准”的讨论请参见第八章），它有十二个元音。这个发现可能让你有点惊讶，因为我们通常认为只有五个罗马字母是元音，实际上，英语有十二个元音。读读这些单词：

bat，bet，bait，bit，beat

蝙蝠，打赌，诱饵，咬，打

这包括五个不同的元音（其中两个当被称为双元音时，将以特定的方式延长发音）。现在读读这些单词：

cod，cawed（as in the sound of a crow），code，could，cooed（as in the sound of a dove）

鳕鱼，哇（乌鸦的叫声），代码，可以，咕咕（鸽子的叫声）

这包括五个元音（同样的，其中两个元音可能在某些英语变体中延长发音），它们与第一行单词中的元音发音不同。现在来读读这两个单词：

but，gallop

但是，疾驰

but（但是）里的元音，gallop（疾驰）中第二个音节里的元音和上面两组单词里面的元音，发音都不相同。所以我说，美式英语中有十二个元音。

许多说克里奥语的人发的五个元音，似乎与以下这五个英语单词中的元音发音类似：

cod, bait, beat, code, cooed

鳕鱼，诱饵，节拍，代码，咕咕

第二个特征是，尽管克里奥语的词汇量比洋泾浜语多，但仍相对有限。然而，说克里奥语的人，仍可以像说其他自然语言那样，用这些词将他们想表达的意思表达出来，因为克里奥语中的词语含义丰富。注意，任何语言都会用相同单词表达多种意思。比较下 run 这个单词的部分含义吧：

我跑（run）去商店。

那些长筒袜太容易掉下来（run）了。

你不能经营（run）这么复杂的生意。

我们疯狂地做着（run）太多的事情。

水往低处流（run）。

冬天孩子们会流（run）鼻涕。

但是冬天我们的车没法启动（run）。

你也来玩一下，自己列出单词 give 的（部分）含义。

第三个特征是，说克里奥语的人倾向于用一连串的助动词而非复杂的词性转换规则，来表达时间的变化。换句话说，在这方面更像英语，而不像意大利语这类语言：

English: I thought she might have been sleeping.

英语：我还以为她可能在睡觉呢。

Italian: Pensavo che dormisse.

意大利语：我以为他睡着了。

英语句子中诸如潜在的（在英语中用“可能”表示，might），完成过或整个动作已经完成（在英语中为现在完成时，have），延续性行为（在英语中用“曾经”表示，been），与“在睡觉”（sleeping）之类，都在意大利语句子中动词 dormisse 的结尾表达（Dorm- 是“睡眠”的词根；-isse 是结尾，包含关于时间框架的所有意义）。以下是夏威夷克里奥语的一个例子（2000 年 4 月访问以下网页获得，http: //www.ac.wwu.edu/sngynan /sbc3.html，已失效）：

George been stay go play.

乔治一直在玩。

“George might have been playing.”

“乔治可能在玩。”

第四个特征是，说克里奥语的人，倾向于在第一个动词前面加一个否定词来表达否定，无论这个动词是主动词还是辅助动词（这与英语相反，英语通常会在第一个辅助动词后面加上“不”来表示否定）。下面的例子来自库克群岛上的拉罗通加语，一种由毛利语和英语结合产生的克里奥语：

Jou no kamet ruki me.

you—not—have—look—me.

“You have not seen me.”

“你没看见我。”

第五个特征是，说克里奥语的人，倾向于把动词放在主语和宾语之间（就像英语一样），上文拉罗通加语的例子就是这样。

世界各地都在使用克里奥语。大多数克里奥语的上层语言都是欧洲语种，不过某些克里奥语的上层语言是美洲大陆的印第安语（如奇努克语、特拉华语、莫比尔语），阿拉伯语，马来语，斯瓦希里语，祖鲁语等。因为克里奥语的这种起源方式，尽管它们在语言学上没什么不合规则的地方，但通常不被认为是正规的语言。不过也有例外，那就是托克皮辛语，虽然是一种克里奥语，但已经成为巴布亚新几内亚的官方语言。

语言在千差万别的环境里互相接触，由此产生的影响也各不相同。这种接触无疑是导致语言变化最重要的因素之一，有时在很短时间内就会发生惊人而彻底的变化，例如产生克里奥语。不过可以确定的是，即使语言与其他语言不发生接触，它自己也会发生变化。

本章关键词

creoles 说克里奥语的人

dialect versus language 方言

language contact 语言接触

pidgins 洋泾浜语

第十章

男人和女人的说话方式是否有区别？谁又会在意呢？

Do men and women talk differently? And who cares?

在前面章节中，我们讨论了影响语言发展的三个重要因素：人们听到的并不都相同（第八章），人们并不以相同的方式复述（也在第八章），不同语言之间的交流（第九章）。然而，即使现实中存在一个与其他语言地区完全隔绝的单一语言地区，生活在里面的人都以同样的方式聆听和复述，这个地区的语言仍然会随时间推移而变化，因为社会内部的因素也会影响语言的发展。在本章中，我们将探讨性别和语言的相互作用，但首先让我们简短地思考一个更大的问题。

为什么社会因素会导致语言的改变呢？关于这点有很多理论，但都可归结为一个基本概念。想象一下，我们生活在一个社会里，人人都穿完全相同的服饰，你认为这种状况能持续多久？没多久，有人就会缩短衣服下摆，有人会卷起 T 恤的袖子（也可能是在新加的口袋里装上一小叠便利贴），有人会用一条披肩作为节日裙装，还有人将牛仔裤磨破后仍然会继续穿。即使我们中的大多数人忽视这些变化，但仍会有人效仿，以至于有时候我们大多数人最终也会群起效仿。只要仿效的人足够多，这种服饰变化就不再是一件大胆的事情了。它会变成新的常态，直到下一个改革者来改变它。

人们在语言方面开展尝试，由此导致语言的变化，就像他们尝试裙摆的变化，并导致服装风格的改变一样。然而，有趣的区别在于，语言不能像服装那样随意改变，它会按符合一定规则的方式改变。人们对自己母语的语法规则，并没有特别明确的意识和明确的了解，就像我们也不太懂糖分在人体中是如何新陈代谢的（除了化学家），然而，只要胰腺健康，我们的身体就会自然而然地遵守相应的规则，开展新陈代谢。

这些规则是什么？让我举一个小例子。几年前，年轻人很喜欢在一句话的结尾处加一句否定的话（例如“不”），以表示讽刺。例如，如果你问十几岁的儿子，周五晚饭后打算做什么，他可能会说：“我会学习好几个小时……不。”这种用法很普遍，我很想知道它是否真的会成为美式英语的一种句型结构。在语言的开头或结尾加一个标记（或者，正如语言学家和哲学家说的 operates over，“操作结束”），这很常见。例如中文，中文有些问句在结构上和陈述句完全一样，唯一的区别就是在问句结尾会加个问句的标记“吗”。而英语的否定结构并不违反任何一般性语言规则，事实上它的历史也没那么悠久，但其实它可以不符合一般性规则。

另一方面，如果有人曾试图尝试这种否定结构的句子，比如“I am not going not not to be not not not studying not not not not for hours”，这种说法很难流行起来。我所做的是，根据动词在句子中的位置，决定在动词后面加上“not”的数量。因此，第一个动词形式，“am”只有一个“not”跟在它的后面。第二动词“go”后面有两个“not”，依此类推。从语言学的角度来看，为什么这种结构如此奇怪呢？无论从语音体系还是构词体系、句子结构体系、语意体系来看，语言规则都不允许有超过三个语言单元。我们天生就不会这么做（第一部分中的大部分章节都已经说明，谈论语言的固有联系是很有意义的）。

让我们回顾一下本章开头提到的，与世隔绝并且只有单一语言的社会。前面已经介绍了语言的变化会遵循常见的语言规则。哪些潜在的变化会保持下去，并发展成为新常态呢？这可没法预测。通常语言似乎会先朝着某个方向发展，然后发生变化。即便是最著名的语言学家也无法预测语言的变化。

但我们知道，某些因素对于一个社会中的语言变化很重要，如种族、民族、社会阶层、教育背景、年龄、性别等。关于这些因素的研究文章很多，但主要用于语言学家同行之间的交流，只有性别这个因素例外。关于男人、女人的说话方式，尤其是他们的会话行为如何影响语言、导致变化的科普文章很多。“男人和女人的说话方式是否有区别”这个问题，和其他与性别有关的问题一样重要，甚至更重要，因为语言是我们自身固有的特质。

显然，回答这个问题的第一步是收集数据。除非收集数据时就计划用它来测试特定的假设，否则经常没法找到用以区分两个相互矛盾的假设的关键数据，导致同一组数据可以验证不同的结论。此外，有时语言的数据收集方式不够科学，以轶事的形式开展。事实上，轶事能揭示很重要的事实。要证实这一点，我们需要以最严谨的科学方法论来收集广泛的数据。在进行数据收集时，我们需要时刻牢记这一点。

一些学者声称，在美国，女性和男性说话方式有很多不同。一起来看一下我在文献中遇到的六种具有代表性的常见论述：

1. 男人打断女人话头的次数多于女人打断男人话头的次数。
2. 在谈话中，男人会忽略女人提出的话题。
3. 男人不会口头承认女人在谈话中所做的贡献。

4. 男人比女人说更多脏话和粗话，而女人则更易于说避免正面冲突、道歉的话语（采用一些能减轻否定力度的话语，如“我不是专家，但……”）和间接的请求。

5. 男人比女人说话更随意。

6. 男人比女人更有创新性，能更快接受语言的变化。

学生们通常对1到4的论述很熟悉，如果他们不熟悉，也很容易在生活中发现相关论述。但对于其他论述，他们估计从没想过，也很难找到资料。论述1到4聚焦于普通人都很敏感的对话行为。从孩童时代起，我们中很多人就被教导，论述1到4中的行为很粗鲁、不应该做。另外，论述5和6是语言学家才更关注的对话行为。我在上面把它们列出来，是因为对关注语言变化的人来说，这些对话行为很重要。

考虑一下前三点论述，它们和后三点有什么不同呢？那就是在语言方面前三点和后三点有区别，前三点在对话中涉及双方语言的交互行为，而后三点是个人的语言模式。

试着想象和一个爱打断你说话（论述1）、不关心你提出的话题（论述2）、不认可你在交流中所做贡献（论述3）的人交谈，你会热衷于这种交流吗？如果你能继续这种交流，想想为什么。可能交流的另一方是某个重要人物，比如你的老板、你的医生、你的老师等。在这种情况下，如果你贸然离场，可能会对自己不利。

事实上，经过研究，至少第一项论述并不正确。而前三项关于男性和女性交流差异的论述也受到一些挑战，即使交流的人均为同一性别，只要其中一个人比其他人更有权威，这三项论述所提到的交流特征也会出现。另外，根据相关学者研究，前三项论述提到的现象并非与性别有关，而是与个人权威有关，这就是在数据收集时需要考虑一系列假设的原因。如果收集数据时只关注不同性别人群的谈话行为，你就没法知道，观察到的特征到底是由性别差异还是由其他原因造成的，其他可能的差异会以更复杂的方式表现出来。

下面是一组真实对话的案例（由我的一个学生在 2001 年秋天一节口语和书面语课上录制），对话中的两个人正在讨论一部小说：

N：这挺有趣的。

T：实在是活灵活现。

N：有趣的是这只猫换了个碗，又掉到碗里，挣扎时牛奶灌进了耳朵里！那可真是……

T：我喜欢那个。

N：耶！

正如你所看到的，T 打断了 N，并忽略了 N 提出的幽默话题，直到 N 再次重复并阐述一遍。这两个说话的人是男中学生。他们年龄相仿，谈话的地点在 T 家里，这可能给了他一点优势。另一方面，N 是客人，这可能也给了他一点优势。根据之前的论述 1 到 3，T 在谈话中比 N 展示了更多男性谈话的特征。但即使在这段对话中，我们也能意识到语言的交互很复杂。当 T 忽视了 N 提到的幽默话题时，N 也忽视了 T 的叙述。他们都更希望发表自己的见解，但如果对方非要继续说，他们也会接受。这是典型的同性对话吗？

以下是另一个例子（由我另一个学生在课堂上录制）：

J：嗯，你的夏令营怎么样？

S：很好。

J：你做了什么？

S：嗯，很多事，我参加了一个篮球训练营。那很有趣。

J：是的。嗯。

S：你最喜欢的部分是什么？

J：嗯，我想所有内容我都喜欢。

S：你具体想知道什么呢

J：你做了很多工艺品吗?

S：没多少。我就做了一个面具。

正如你看到的，J 打断了 S 的话题，忽略了 S 没说完但可以预见的问题。这两个说话的人是姐妹，J 当时 9 岁，S 当时 15 岁。根据前面论述的 1 到 3 点，J 在谈话中比 S 展示出更多的典型男性对话行为。考虑到她俩的年龄差异，我们对年纪小的 J 表现得更强势感到有点奇怪，但如果考虑到谈话的动机，她们俩相差 6 岁，S 听起来就像一个大姐姐在关心妹妹 J，注意到这点很重要。同样是同性间的对话中，与前一个案例相比，这个案例中参与者的交互方式明显不同。

这些年来，我的课程已经收集了数百个案例，而这只是其中两个。所有案例都复杂而生动地展示了论述 1 到 3，它们表明，影响谈话的因素除了性别，还可能是年龄、家庭关系、谈话位置等。

虽然后三点论述跟个人语言有关，但仍然给研究者提出了一些棘手的问题。看看第 4 点：两个对话者之间的社会关系是否会影响到他们对骂时脏话的恶毒程度？例如，如果他们是十几岁的兄弟姐妹，女孩比男孩年长，如果他们吵架了，男性会骂出比女性更恶毒的脏话吗？我听过的一些对话并非如此。如果有一个成年男性和三个成年女性在一起，其中一个女性是另外三个人的老板，吵架时这个男性难道还会比女性更能骂脏话？

即使我们忽视对话者之间的社会关系，只考虑性别，一些问题仍然存在：女人比男人更容易诅咒其他女人吗？男人更愿意和男人而非女人一起说脏话吗？

据我所知，关于论述 4 和 5 的研究文献很多，但它们并不能清楚地解释性别对于交流的影响。男人们爱说粗话、女人更易于道歉和委婉地请求（论述 4），这些并不能证明男人和女人的交流方式或两性大脑存在结构性差异。相反，这些差异很可能来自人们对谈话所期望的礼貌程度。换句话说，区别来源于社会和文化的范畴，而非生理范畴。男人说话更随意（论述 5）也可能是纯粹的社会因素，因为说话随意可能被认为不受人认可。从传统上看，我们社会中的女性比男性更希望能以受到认可的方式说话。

另外，论述 6 完全错误。通常女性会比男性更积极地运用某些新发音规则，而男性则会更积极地应用另一些发音规则。女性说话似乎比男性更倾向于符合权威规则。换句话说，女性比男性更易于接受那些被认为是高水平或明智的创新，以通过语言，在经济和社会层面获取领先地位。

相对于语言学，这六点论述和社会学因素的关联更密切。这是一个很重要的事实，例如，我们并没有发现这样的情况很普遍：女性总在动词中使用某个特定的时态，与男性有不同的单词重音规则，或说话时总将介词作为第二个词。如果男性和女性有不同的语言系统，他们的语言可能就会发展出上述假设的情况。但这些假设并没有真的出现在英语中。就我所知，在英语中，女性说话时运用的语法（即语言描述）和男性一样。

这并不是说，我们不能把某些特定的词语与性别关联起来，但是某

些人的性别和他 / 她所展现的性别特征并不相同。例如，在考虑用词方面，“可爱的”或“神圣的”被视为形容女性的词语，在形容一个比较女性化的男性时也经常会用这些词。然而，在形容一个比较男性化的女性时反而不会用这些词。因此，这些用词的差别跟人的社会特征有关，而非跟人的性别有关。

前面这个关于词汇选择的例子来自美国。在其他一些国家，男女之间语言有差异的例子，既可以通过语法展现，也可以通过词汇。例如，日语中有大量的第一人称代词，其中一些一般由女性使用，而另一些一般由男性使用，还有一些男女均可使用。然而，报道称女同性恋者会选择避开所谓的女性第一人称代词（如 watashi），转而使用男性第一人称代词（如 boku）。同样地，女性更倾向于使用的某些句尾助词，男同性恋者也会选择使用。所以，语言上的差异跟社会性别角色有关，而非与生理性别有关。

生理性别是否会是导致男性和女性语言差别的真正因素，仍需要谨慎斟酌。在男性地位高于女性、无法容忍跨性别的社会，要想研究清楚某种语言的用法是否只与性别或社会角色有关，几乎是不可能的。因此，在其他类型的社会开展研究很有必要，如在美国，跨性别是可以接受的。在不同的情况下，男性的地位既可以凌驾于女性之上，也可以位于女性之下。

如果你想要对一种特定的语言现象进行系统研究，并着眼于分析生理性别、性别角色或权力关系是否与其息息相关，那么你必须尽可能多地控制潜在的相关因素。比如说，在某种环境下，一个男性和一个女性对相同单词的使用会表现出不同的偏好，我们也可以说，这个男性表现得更符合传统意义上我们对男性的认知，而女性表现得更符合传统意义上我们对女性的认知。我将其称为对照组 A。你可以搜索该类型的其他实例，然后在实例中你会发现以下情况：

B：两个传统意义上的阳刚男性。

C：两个传统意义上的温柔女性。

D：一个女性化的男性和一个传统意义上的阳刚男性。

E：一个女性化的男性和一个传统意义上的温柔女性。

F：两个女性化的男性。

G：一个女性化的男性和一个男性化的女性。

H：两个男性化的女性。

通过改变人们自身生理特点和行为特征的方式，你也许能区分出可能的生理效应对可能的性别角色的影响。然而，只有当你排除了权力的影响，你才能确定结论。所以，对于每一种类型的组合，你都必须分别找到下述这两种情况的案例并开展研究：

A：两个人权力对等。

B：一个人比另一个人的权力大。

此外，你还需要考虑其他因素导致的权力差异所带来的影响，包括年龄、教育、财务、权威和种族等方面的差异。你甚至还需要考虑一些看似平常的小因素，如谈话是否在一个中立的环境中进行，或者其中一个实验对象在谈话时是否比其他人所处的环境更舒适。

这是一项令人望而生畏的事业，事实上也确实如此。由于社会中影响因素多种多样，社会语言学研究如果希望获得可靠的结论（结论可以在其他研究中重现或得到证实），就必须使用无可挑剔的方法。由于这个原因，大多数社会语言学研究利用了大量的人和现有数据，在广泛的社会学因素影响下，这些数据具有显著的统计学相似或差异性。

本书介绍的内容可以帮助你认识到，如何使用自己的语言知识来回答人们对于语言的许多常见问题。但在概括总结之前，我希望你能深刻意识到，你需要认真学习。这两个立场并不矛盾。如果你知道如何处理语言相关的数据，就能识别出与手头问题相关的因素，并在得到可靠结论之前，发现各种各样必须回答的问题。在语言和性别方面上，这些问题不但多，而且复杂到你完全没法忽视。

本章关键词

gender dialects 性别方言

language and gender 语言和性别

第十一章

英语拼写有点难，给学习阅读带来麻烦，为此我们能做点什么呢？

English spelling is hard, and it makes learning to read hard. Should we do anything about it?

在美国，虽然许多孩子都花费很多年时间来努力学习阅读，但其中一些还是学得不好。教育工作者们认为，达到四年级的阅读水平，是读写能力的一个里程碑。人们普遍认为，一旦学生达到这个水平，他们就可以从“学习阅读”向“通过阅读来学习”转变。因此，孩子们通常需要接受四年的教育（不包括幼儿园或学前教育）来达到这样的阅读水平。而在写作技能上，要想达到类似的水平，需要更长时间。

英语要想达到流利的水平，得克服很多困难，因而很多人提倡进行拼写改革。广告里就经常运用反传统拼写的简写单词，例如将灯光（light）拼写成 lite。[①] 事实上，在互联网聊天室里，有些单词的简写已经约定俗成，比如用首字母把一个短语缩写成一个词，就像马上回来（be right back）被缩写成 brb。手机短信也使用了简化的单词拼写方式。随

---

① 按照发音规则，lite 和 light 同音。——译者注

着技术进步，我们可以预见：简化拼写将在不知不觉中进入其他语境。因此，我想讨论一下，除了对文本长度有要求的特殊语境，例如手机短信，拼写改革对于其他语境是否也有好处呢？

让我们来看看目前拼写体系里的问题。英语里存在很多发音和拼写的反差，比如下面这些：

bait，wait（不是 *bate，*wate）

late，date（不是 *lait，*dait）[①]

这是一个给定发音的两种写法（这个特殊发音是双元音，许多语法学校的老师也称之为长元音）。一个给定发音，常有多种不同的拼写方式。比如长元音，能轻易识别出押韵的部分，但它们在不同单词中的拼写方式并不相同，就像上面给出的例子显示的那样。英语中有很多这样的单词，其中不少是同音异义词（发音相同但含义不同的单词），拼写也不相同：

beech，beach[②]

bare，bear[③]

sight，cite，site[④]

对辅音来说，也有很多不同拼写方式。下列每一对单词的初始发音都是相同的，但单词的首字母并不相同：

---

① 这两组单词元音发音都相同，但却是用不同的字母来拼写的。——译者注

② ee、ea 发音相同。——译者注

③ are、ear 发音相同。——译者注

④ ight、ite 发音相同。——译者注

celery，salt[①]

flame，phlegm[②]

judge，gesture[③]

更复杂的是，一个字母或一组字母可能有多种发音。因此，下列每一对单词的初始字母是相同的，但单词的初始发音却不同。

单词的初始辅音字母相同，但单词的初始发音不同：

celery，cool

sugar，salt

go，ginger

单词的初始字母为元音，但单词的初始发音不同：

oh，on

am，all

eat，ever

此外，一个字母或一组字母可能压根不发音：

knee

walk

① 这两个单词初始辅音发音均为 s。——译者注
② 这两个单词初始辅音发音均为 f。——译者注
③ 这两个单词初始辅音发音均为 d。——译者注

vegetable

climb

require（和 choir 相比）

好像觉得同音异义词还不够混乱似的，英语里还有同形异义词（拼写相同但含义不同的单词），它们的发音也不同：

read（在“Let’s read”里的发音），read（在“I’ve read it”里的发音）；

lead（在“Lead me”里的发音），lead（在“Lead pipes break”里的发音）。

类似的例子极大地增加了达到英语读写流利这个目标的难度，难怪美国儿童（以及所有正在学习英语阅读的儿童和成年人）都需要几年时间，才能培养出胜任英语阅读的能力，而要学会正确书写，他们需要花更长时间。

意大利孩子的学习任务则简单许多，因为在标准意大利语中，一个单词的发音和其拼写之间，比英语存在更强的一一对应关系。在意大利，拼字比赛的概念很荒谬（然而，我稍后会提到，如果学习阅读意大利语的人发音不标准，事情将变得更复杂）。

文盲是一个持续不断困扰美国的问题，而我们的拼写体系很可能是产生文盲的罪魁祸首。考虑到需要评估一系列技能才能判定一个人是否是文盲，要准确估量出文盲数量有点困难。1992 年，美国联邦政府的国家教育统计中心拨款，由美国教育考试服务中心（位于新泽西州普林斯顿）开展了全国成人读写能力调查。该调查发现，占总人口 21% 至 23% 的人群只具备最低水平的读写能力（即 1 级）。而在年龄较大（即 65 岁以上）的人群中，只具备 1 级读写能力的人群占比更高，达到 44% 至 53%。这一事实表明，年轻人的文化程度好一些。然而，在只受过 8 年教育的人群中，只具备1级读写能力的比例也很高（达到79%），某些少数族裔也有很高比例的人口只具备1级读写能力，非洲裔美国人为38%至43%，拉美裔美国人约为50%，亚裔美国人为30%至36%。此外，只具备1级读写能力的人往往经济窘迫（大约44%收入低于贫困线）。由于少数族裔和穷人的比例都在上升，所以文盲率在上升也就不足为奇了。

鉴于英语拼写带来的问题，以及文盲造成的严重社会影响，人们可能希望在以下几方面对现行拼写体系进行改革。采用一种字母和发音一一精确对应的书写体系（如罗马字母，即目前使用的英语体系），以确保在该体系中，每个发音都对应一个独特的符号，并相应地修改所有单词的拼写。有了这些改革，一个初学阅读的人，只需要学会该书写体系中每个符号和读音间一一对应的关系。一旦学会了这些，阅读就是水到渠成的事情。

虽然这个计划有诸多明显的优点，听起来是个不错的主意，但问题也很严重。如果我们采用了这个体系，为了方便理解，假设我丈夫被赋予特权，决定我们将采用哪种书写体系，我知道这很武断，但作为一名语言学家，我将选择国际音标——这是语言学家在记录人类语言时所使用的系统。但如果我这么做了，你会遇到我下面例子中讲述的很多困难。相反，如果让我丈夫选择（很可能是大多数读者都会做出的选择）——罗马字母，在下面的例子中也会遇到很多困难。

在开始讨论前，我先选择一个非常简单、你可能从来没担心过拼写问题的单词。然而，我们正在酝酿的单词拼写改革会影响到每个单词，哪怕这个单词的拼写特别简单。我将拼写出一个简短的单词，它以一个单独的辅音开始，有一个单元音，并以一个辅音结尾，比如car。因为按照改革方案，每个发音都必须对应字母表中的一个字母，而每个字母都要被赋予一个独特的发音，刚开始这么做的时候可能没什么问题。因为大家对旧的拼写体系都很熟悉，我认为 car 的新的拼写为“c-a-r”，这跟旧拼写体系中的拼写完全一致。

然而，现在事情变得棘手了。我有个朋友对于这个词的发音与我不同。在她的发音里，“car”的发音是孤立的。也就是说结尾没有辅音，以元音结尾。因此她认为，按照新的拼写规则，这个词应该拼写为“c-a”。

另一个朋友的发音又有别于我们俩，属于第三种。她不仅没有最后的辅音，而且她发的元音也跟我不同。她在这个词中发的元音，和她说“猫”（cat）时发的元音一模一样。如果我们用字母“e”来表示“猫”（cat）中的元音，那么我这位朋友运用新的拼写规则——根据发音来拼写单词的话，car 这个词将被拼写为“c-e”。

很抱歉的是，我还有一个朋友，他的发音跟我们仨都不同，属于第四种。我在读“car”这个单词时，第一个辅音之后会吐出一股气，但他却没有，我们的发音就又不同了。如果我们的拼写体系能够提供足够的信息，让会读单词的读者将字母和发音完全一一对应起来，我用脚指头都能想得出，我这个朋友对 car 这个单词的拼写与我们仨也不同。

但我可不会去尝试猜测他的拼写，因为当前英语拼写体系中，没有字母可以对应我朋友所读的“car”里面“c”的发音。最好是新增一些字母来表示这个音。事实上，英语中的字母比罗马字母更多，看看 thigh（大腿）和 thy（你的）这两个词，字母组合 th 在这两个单词中发音也完全不同，但在罗马字母表中，并没有针对这两个发音的独立字母。这就意味着，在新的拼写体系里，如果希望字母和发音之间能形成一对一的关系，除了罗马字母外，还需要增加新的符号。我就是简单地告诉你，新拼写体系需要增加符号的这个事实，至于需要增加哪些符号，在此就不深入讨论了。

让我们把思路拉回到对单词 car 不同发音的讨论。我们面临一个棘手的问题：应该用谁的发音来确定单词 car 的新拼写方法呢？虽然我只举出了四种可能存在的不同发音，但实际上，就算是 car 这个简单的单词都还有更多种发音。每当你模仿一种口音时，你就会认识到这个现实问题。如果你认为自己的发音很标准，那你就用自己的口音读几个单词，然后再和它们在字典里的发音比较一下。下面，我们一起来读读这几个单词：

affluent	caught	dog	garage	pen	police
富裕	抓住	狗	车库	钢笔	警察

在拼写改革的大背景下来看发音变化，它将使我们面临标准化的问题。如果你认为我所念的“car”是这个词的标准发音，那就意味着，你认为我的朋友们关于这个词的发音不标准。尤其是第三个朋友，他的发音听起来甚至不“美式”，尽管他生于斯长于斯，一辈子都在说英语。我这些朋友分布在全国各地（我生于波士顿，长在迈阿密），在居住地，周围的人都认为他们的发音很标准。此外，上文中我提到的第三个朋友，父母是古巴裔，他在美国的古巴人社区中成长，导致说话带有古巴口音。无论他的朋友们是否会说西班牙语，发音都跟他类似，这就意味着，在他的小圈子里，他的发音也被公认是标准的。

以发音来确定单词拼写显然行不通：“car”这么简单的单词，由四个土生土长的美国人念出来就有四种发音。因此，我们没法找到一个放诸四海皆准的发音标准供拼写改革使用（要想深入了解最后这一点，可参见第八章）。

那么，在选择发音标准的问题上，非语言因素将不得不占上风。但问题是，我们应该接受哪个因素呢？我首先想到的是地理位置。因为大多数人可以很方便地根据地域识别出发音，上面四个案例就充分显示了这点。

让我们首先来关注人口密度高的地区，将地理位置作为发音标准的选择因素。这样的地区也很多，人们常说“布鲁克林口音”，那我们就选择布鲁克林吧！那么，来自亚特兰大的有志青年该怎么办？他说话带有南方口音，但现在的拼写体系以布鲁克林人的发音为准，难道亚特兰大人连读书认字都要接受再教育吗？

即使拼写改革的支持者没有因为这个问题而气馁，还有其他问题等在后面。首先，我们要选择以布鲁克林的哪种口音作为标准？不是每个在布鲁克林长大的人都拥有同样的口音。我们可以再根据人口密度选择一种，并观察哪个社会阶层的人最多：上层阶级，中产阶级，底层，或是混血儿。然而，无论我们以哪个阶层的口音为准，其他阶层中上进的人群如果想读书，都会因为拼写改革而遇到麻烦。

选择哪种口音作为发音标准非常重要，这是拼写改革的基础。因为最后确定的拼写改革标准，将在某种程度上对文学产生影响；同时，在口音和发音标准不同的人群里，那些想读书、有上进心的人的自尊心也会因此受到影响。

让我们来假设一下，我们或许能设法克服地理和社会阶层不同带来的困难。然而，当我们从所有英语使用者而不仅仅是美国人的角度出发时，另一个麻烦又会油然而生。如果按上述办法开展拼写改革，那生活在英国威尔士乡间的孩子阅读美国报纸时，他的感觉如何？那生活在澳大利亚的珀斯、加拿大的丘吉尔、印度的加尔各答、南非的约翰内斯堡的孩子呢？这些地方的孩子们都会说英语，但他们的发音却各有不同。今天，虽然一些美国单词会沿用英国的拼写法，反之亦然，但总体来说，这两个国家的单词拼写差异很小。无论哪一边的人，只要懂英语，就可以阅读英语资料，不管这些资料是谁写的。如果美国按照我们刚才讨论的那样，对拼写体系进行改革，这一切都将发生改变。此外，如果另一个英语国家也对他们的拼写体系进行改革，他们肯定也不会采用美国的发音来改。因此，如果拼写改革基于当地口音开展，那么用这种英语写成的作品，对另一个说英语国家的人来说，将完全没法读懂。

下面让我们来探讨一下作品可读性的问题。你能读莎士比亚吗？打个比方，你能读懂并理解《罗密欧与朱丽叶》的第一版吗？即使你以前从没这么做过，我建议你不妨试试看。这个剧本虽有不同版本（1591年版和 1596—1597 年版），但很明显，它已经有四百多年的历史了。假设一下，第一版印刷时，那些建立拼写标准体系的人并不打算让后人读不懂（这是个正常假设），那么我们可以得出结论，16 世纪晚期的英语拼写与当时发音之间的对应关系，胜过现代发音。这就意味着，如果我们现在去听莎士比亚时代的人们说话，我们会发现，想要理解莎翁戏剧内容反而更困难了。因为从那时到现在，英语的发音已经发生了很大的变化，但莎士比亚原著文本的拼写却与今天的拼写很接近，因而无论是出于工作原因还是个人爱好，上至专业学者，下至受过一定教育的普通人，都能读懂剧本的初始版本。

想想下面这些著名的台词：

O Romeo, Romeo, wherefore art thou Romeo?①

828: Denie thy Father and refuse thy name:②

---

① 该句大意为“罗密欧啊罗密欧，你为什么是罗密欧？”。——译者注

② 该句大意为“828 行：否认你的父亲，抛弃你的姓氏吧”。——译者注

829: Or if thou wilt not, be but sworne to my Loue,[①]

830: And Ile no longer be a Capulet.[②]

在新拼写体系改革的时代，一个有文化的人——我将称他为新读者——将不再能知道如何阅读旧拼写体系下的单词，因为他只会按照新拼写体系的规则来说话和认词。让我们看看上面引用的《罗密欧与朱丽叶》中的第 828 行台词（这一行中的拼写最接近现代英语）。新读者不会用现在的发音来读这句话，而是把每个字母都看成一个独特发音的代表符号，这是新拼写体系改革所决定的。第一个单词 denie，当时可能有三个音节，因为有三个元音字母："e""i"和"e"，其中第一个和最后一个音节发相同的元音，听起来很押韵。这个单词当时的发音和今天的发音已经相去甚远。第二个单词以两个辅音字母开头，"t"和"h"都各需要对应一个辅音发音。此外，在新拼写体系里，"t"所对应的发音和英文单词"to"里第一个字母"t"的发音一致，"h"和"hat"里的"h"发音一致，单词"thy"的首字母也是"t"，后面是"h"，这些在现今的英语中都是不发音的。习惯于新拼写体系的读者，遇到按照旧拼写体系写的单词时，将很难读懂这些单词的含义。最起码，这会导致他们无法欣赏过往的著名戏剧。

当然，只要教会读者新旧两套拼写体系，那他也可以读懂莎士比亚。可这么一来，拼写改革又有什么意义呢？拼写改革的关键在于让人们更容易掌握读写技能。如果每个人都要学会两种拼写体系，那么识文断字就更难了。不过，让我们假设一下，我们已经处理好了英国传统文学的相关事宜，在新拼写体系时代，也涌现出许多新锐作家。

现在时光飞逝四个世纪，莎士比亚时代嗖的一声就离我们好远了。

① 该句大意为"829 行：也许你不愿意这样做，那么只要你宣誓做我的爱人"。——译者注

② 该句大意为"830 行：我也不愿再姓凯普莱特了"。——译者注

因为语言在不断变化，人们在四百年后说的英语，无疑也将和现在有很大不同。虽然某些区域的语言，在有些语法方面会比其他区域更具创新性，但所有区域的语言其实都在变化。也许再过四个世纪，新一轮拼写改革又将展开。新一轮拼写体系改革后的语言使用者，我称之为最新拼写体系改革的使用者，在阅读当今拼写体系改革后的作品时，也会遇到很多困难，就像当今拼写体系改革后的使用者阅读莎士比亚作品时所遇到的困难一样。也就是说，最新拼写体系改革的使用者，如果想阅读当今拼写体系改革后的文学作品，将不得不学习最新的拼写体系即当今改革后的拼写体系。此外，如果他们想读莎士比亚的作品，还必须学习旧的拼写体系。无论审视传统还是展望未来，文学传承都将受到拼写改革的严重威胁。

总而言之，拼写改革可能不仅没法提升大多数有上进心的英语使用者的读写能力，特别是从全世界范围来看，还会割裂现在使用者与传统文化的关联。

本质上看，会出现这些问题很自然，在某些方面，它们已经超出语言范畴，更像是社会性问题。拼写改革还会导致一些严格的语言问题。例如，考虑如下几组词：

electric 电

electricity 电力

electrician 电工

第二个例子，第一个单词中字母“c”的发音和单词 car 的第一个字母发音相同，第二个单词中字母“c”的发音和 salt 的第一个字母发音相同，第三个词里“c”的发音和 sugar 的初始发音相同。在新的拼写体系中，这三个独立的辅音发音必须用三个不同的字母来拼写，这会混淆一个事实，即虽然发音不同，但这三个例子中特殊的辅音都是相同单词单元的一部分。在我们现在的拼写体系里，这是显而易见的。一般来说，我们现在的单词拼写，会使许多这样的联系变得显而易见。但如果按拼写改革的方式改，这种联系将会消失。这也会导致我们的读写能力受到影响，因为现在的拼写体系中，看到单词之间的联系，不仅有助于我们猜测词义，还有助于我们将一个单词和已知的单词相互关联。

拼写改革的坚定支持者可能会质疑我提出的理论性问题是否真的会出现。语言的书面形式，除非是新近使用的，否则都会经历一些变化。那么，在实际使用中，拼写改革会遇到哪些问题呢?

通常情况下，书写形式是在逐渐变化的。最古老的书写体系之一就是象形文字——基本上是用一个图形来代表整个单词。汉字就起源于此，经过了几个世纪的演变，它们今天远不是象形文字了，如：

月 moon

木 tree

新 new

符号文字体系常常会转换为另一种基于声音的文字体系，叫音节文字，每一个符号代表一个音节而不是一个完整的单词。因此，由一个音节组成的单词在书写时只有一个符号，由两个音节组成的单词在书写时有两个符号，由三个音节组成的单词在书写时有三个符号，依此类推。古代苏美尔文字的书写体系，是一个由字符文字逐渐演化到音节文字的体系。新亚述人的文字体系处于这个书写体系演化的晚期。

		古乌鲁克语 约公元前 3000 年	前萨尔贡时期的 拉格什铭文 约公元前 2400 年	亚述语 约公元前 700 年
DU	去			
UD_5	山羊			
GUD	公牛			

现代日本的文字体系是一个混合文字体系。它包括符号文字和两个不同的书写体系，这种书写体系类似于音节文字，但不同的是，轻音节由一个单独的符号表示（就像普通音节），重音节由两个符号来表示。轻音节以短元音结尾，短元音是日语中最常见的音节。其他音节都是重音节，它们包含一个长元音或双元音，以一个或多个辅音结尾。这种基于轻重音节的书写体系比音节文字体系更常见。

わたし	我	在日语中发音为 watashi，以平假名书写
フランス	法国	在日语中发音为 furansu，以片假名书写

第三种常用的文字体系对你来说估计非常熟悉，就是字母体系。对于不同类型的文字书写体系的例子，可以在此网站 http: //www.omniglot.dabsol.co.uk/language/ 查看。

随着时间的推移，字母体系文字逐渐普及，原因也很好理解。在一个字符系统中，每个单词都由一个不同的符号表示。事实上，有些人认为，你需要认识大约 4000 个汉字才能读懂中文报纸。想一想，要学会 4000 个汉字，那得接受多长时间的教育？而音节体系文字，每个不同的音节都需要一个符号表，用罗马字母“a”“s”和“p”三个字母，我能拼写出 15 个英文单词，其中每个单词都只有一个音节：

a，as，ass，asp，asps

sap，saps，spa，spas，sass

pa，pas，pap，paps，pass

然而，在音节体系的文字中，我们需要用 15 个不同的符号表示出现这 15 个不同的音节。

因此，字母体系文字是最有效率的文字体系，它可以用最少的符号来表示一种语言里的所有单词。因此，当一个地区的语言使用了一些其他书写体系的单词，又与使用字母体系文字的地区发生交流时，通常会应用字母体系的文字，然后在发音上也会出现一些变化，以应对这两种语言发音上的差异。随着字母文字书写系统的普及，普通民众花更少的时间学习就能识文断字，因而读写能力也会得到提升。

然而，因为一些非语言因素，一些国家有时对这种变化很抵触。例如 1446 年，一位朝鲜君主下令语言委员会研究开发出一套朝鲜语文字。[①] 此举旨在鼓励普通民众识字。但他死后，为了不让读写在普通民众中普及，中世纪的朝鲜官员禁止了这些字母的使用。直到四个世纪以后，出于经济、政治和宗教方面的考虑，这套文字体系才得以再次启用。

事实上，宗教因素往往也会影响一个地区的语言，是轻易地接受书写体系的改变，还是竭力抗拒改变。有些文字的字母与宗教或文化传统

① 1446 年，朝鲜君主李祹颁布“训民正音”，内容为朝鲜语字母及拼写规则，这套语言文字体系又称谚文，今称韩文。——编按

有关，因而得以保存。阿拉伯字母与伊斯兰教有关，希伯来字母与犹太教有关，罗马字母与雅典天主教和新教有关，西里尔字母与东正教有关，不一而足。当人们试图修改这类文字时，会造成重大的影响，争议将随之激化。

从苏联独立的阿塞拜疆，1991 年决定将政府法定文字从西里尔字母改为罗马字母（对 26 个字母的字母表进行扩充，达到 32 个字母）。因为俄语是用西里尔字母拼写的，这一变化就像一个独立仪式，导致文字拼写一团糟。阿塞拜疆是一个与俄罗斯、伊朗（使用阿拉伯字母并稍加改变）和土耳其（使用罗马字母）三国都有联系的国家。二十年来，这三种字母在阿塞拜疆并存，书写中都会使用。个人在决定使用哪种字母时，与这个字母是俄语、波斯语和土耳其语的本身关系比较小，甚至无关，更多是与文化、政治意识形态有关。也就是说，就个人而言，在使用字母时，你更倾向于哪个国家，是比语言本身更重要和更需要考虑的因素。学者们也在争论哪种字母最好，许多人希望阿拉伯语能占上风，因为阿塞拜疆的传统文学大多由阿拉伯语写成，并且许多阿塞拜疆人都是穆斯林。其他人则认为罗马字母是阿塞拜疆和西方连接的重要经济和政治纽带。还有一些人认为，保留西里尔字母可以确保当时的社会稳定。争论还在继续，同时新老文字的使用者——更不用说游客——仍处在困境之中。

1998 年，德国通过了一项拼写体系改革，在短短几年内就引发激烈的争论，德国国内的一些邦甚至拒绝了这项改革，整个国家在一段时间内都陷入混乱。当拼写改革导致许多困难出现时，出版商应该怎么做？教师应该做什么？对正在学习阅读的孩子又会有什么影响？

突如其来的拼写体系改变（如阿塞拜疆和德国），而不是基于需求和习惯差异的逐渐改变，通常会令人痛苦，并且很少能完全成功（在德国，事情似乎已经解决了，但这个过程并不容易）。英语的拼写体系改革几乎不可能有更好的进展。当然，美国语言学协会、英国拼写改革协会、美国国家教育协会以及简化拼写委员会，从 19 世纪下半叶就开始尝试，但一直到 20 世纪上半叶，仍遇到无法克服的阻力。

虽然我认为拼写体系改革不是个好主意，但美国的识字率低得非常令人担忧。我们必须行动起来——因为没有教育，任何人都将失去前途。不幸的是，这一点没有捷径可走。我相信，整个拼写体系改革的想法很有吸引力，因为这能很快对文盲产生补救作用。谁不同情那些遇到“邻居”（neighbor）和“痰”（phlegm）这样拼写稍微复杂的单词就束手无策的人呢？尽管如此，从长远来看，拼写体系改革还是没法起到扫盲的作用。

解决文盲困扰的工作还在继续，但我和其他许多教育家一样，都有一个建议：读书给孩子们听。进入学校，花费时间，告诉孩子们，有理由去阅读所有可以学习的内容，从很小的时候就开始让孩子们领略到读书的乐趣，但同时也不要忽视青少年以及那些正在努力识字的成年人。根据我的经验，上述的学习方法对他们也很有效。

本章关键词

English spelling　英语拼写

spelling reform　拼写改革

writing systems　书写体系

第十二章

美国应该采用英语作为官方语言吗？相应的教育体系是什么？

Should the United States adopt English as the official language and overhaul the educational system accordingly?

唯英语运动（EOM）的目标之一，就是以英语作为美国的官方语言。在很多州，唯英语运动是一种强有力的运动。接受这个倡议很重要，但要真正做到，我们必须先准确理解，一种语言成为“官方语言”意味着什么，然后再考虑它对学校的影响。接下来的讨论不仅涉及美国，也涉及当今世界的许多国家，这些国家都是语言多元化社会，也都将面临类似的问题。

支持唯英语运动的最大的两个团体是美国英语基金会和“英语优先”组织。前者拥有超过 100 万的会员，致力于（在其他方面）提升移民的英语水平，让他们获取更多就业机会。后者只有大约 15 万会员，致力于（在其他方面）使英语成为美国唯一的官方语言。

美国英语基金会的目标——为移民增加就业机会——当被用作唯英语运动的驱动力时，揭示了这样一个假设：一个人接受什么样的语言教育和这个人在经济上受歧视的程度存在因果关系。移民一般居住在贫困社区，他们的孩子经常就读资金不足的学校。这些学校无论是否只教英语，都很可能培养出对就业市场准备不足的学生，如果没有办法将资金不足的影响与语言教学的影响分开，唯英语运动所做的因果关系假设就无法维持。

如果唯英语运动成功，英语将成为美国唯一的官方语言，所有的联邦政府活动都只采用英语。这会涉及跟选举有关的一些事宜，如候选人信息、投票流程以及联邦法律程序中的所有证据和信息。在现行法律下，并不要求入籍居民和已经在这个国家生活 20 多年或 50 多岁的公民具有同样的英语水平。英语成为唯一官方语言对于这些入籍公民享受联邦法律权利的影响是显而易见的。而且，在 1984 年的选举中，77% 需要双语选票的西班牙裔选民都出生在美国。因此，采用英语作为官方语言，将影响许多公民的投票权。而选民人数的变化将对美国的政治氛围产生巨大影响，并由此改变许多公民的生活。

如果各州效仿该法律，采用英语作为官方语言，所有州政府活动将只用英语开展，包括跟机动车部门有关的一切事物。那么，我们应回顾唯英语运动的目标，并扪心自问：如果非英语使用者连驾照都无法获得，又该如何提升就业率？我希望你能明白，至少短期内，唯英语运动的目标和它们可能产生的结果之间存在矛盾。通过逐一审视联邦政府、州政府、地方各级政府的其他权利，你将意识到唯英语运动对个人和社会整体的影响。

通过 1965 年的《选举权法案》，联邦政府已采取措施保护公民权利，无论其使用什么语言。2000 年 8 月 11 日，为巩固上述成效，克林顿总统签署了一项行政命令，指导联邦机构在 2000 年 12 月 11 日前“提升他们项目的语言可及性”。所以唯英语运动间接违背了 1965 年的法案，并直接违背了 2000 年的法案。

那么唯英语运动的目标就是剥夺一些公民的公民权以及其他利益吗？如果我们能根据出版物和这项运动中的活动作出决定，答案是否定的（请参见 http://www.usenglish.org/inc/official/about/why.asp）。相反，这个不幸的结果之于它的主要目标，只是个意外。

相反，唯英语运动改革的主要目标是教育体系。因此，让我们来考虑教育的一个关键因素：资金。如果英语成为美国的官方语言，那么将来只有那些采用英语作为唯一教学与业务用语（不包括外语教学）的学校能得到联邦税收拨款，而在那些将英语作为官方语言的州，只有这类学校能获得州税收拨款。地方税收拨款也将依此类推。那么非英语学生人数众多的学校，或决定允许（甚至鼓励）双语教学的学校，可能会面临严重的资金不足。

因为教育是唯英语运动的目标，教育体系中语言的运用有助于我们理解一些语言学内容，我想详细阐述一下这个问题，即在非外语课的其他课程中只使用英语教学，能否对美国产生有利影响。首先，我将简短地探讨一下唯英语运动一些未明确说明的动机。

动机之一可能是爱国主义，这可能会被认为是主要动机，特别是在美国 2001 年发生“9 · 11”恐怖袭击事件以后。除了语言之外，与家庭起源有关的文化还有其他几种不同的呈现形式，包括食物（可能是最重要的），然后是（排名与重要性无关）宗教、音乐、培育孩子的习惯、舞蹈、欣赏某些类型的艺术、家庭和自我修饰以及迷信。这些事情和一个人的爱国精神有必然联系么？美国人肯定会回答“不”。美国自诞生之日起，就是一个重视多元化的社会。其很重要的一点在于，没有任何运动能限制美国人享受不同种类美食，拥有不同的宗教信仰，创作和运用不同风格和传统的音乐，等等。那为什么语言要和其他文化习俗区别开来呢？

这让我们想到，唯英语运动可能存在第二个未明确说明的动机：让一个国家里的每个人都能很好地互相理解。乍一看这似乎很好懂，如果大家都说同一种语言就不会产生误解了。但仔细想想，就会发现其中的错误。大多数离婚双方可没有语言不通，但离婚最常见的理由却是沟通不畅。我们还要考虑到普通日常生活里的情况——而不是恋人之间的争吵，这种争吵往往双方情绪高度紧张，更容易产生误会。例如，我正在撒胡椒粉，女儿伊娃对我说：“你不能加太多的胡椒粉。(You can't add too much pepper.)”她想表达什么？她在警告我别再加胡椒粉？还是在鼓励我把菜做得更辣？对这句话的两种解读相互矛盾。尽管我女儿并不打算把我搞糊涂，但她确实做到了。

即使在说同一种母语的人群中，误解也很普遍，以至于有些人会怀疑人类之间完美的相互理解是否真的存在。如果两个人对于通用语言没有基本常识，他们的交流就会受阻。但是，掌握一门攸关全部公民权利和教育事务的语言，与基于常识的沟通交流并不是一回事。

因此，无论唯英语运动的动机是爱国主义还是期望一个国家中每个人都能相互理解，它都被误导了。更糟糕的是，唯英语运动可能恰恰会加剧并放大它想纠正的不平等现象。

现在，是时候考虑唯英语运动的主要目标：语言教育。让我们首先从历史的角度思考。在殖民时代的美国，移民来自英国，当然也有一些来自欧洲其他国家，还有一些来自非洲国家。此外，美国土著仍保持自己的生活状态。因此，美国从诞生之日起就是个多语种的国家。

在殖民时期的课堂上，双语和三语制（乃至更多语种）是很常见的。到 17 世纪末，英德双语课堂遍地都是，并持续到 19 世纪中期。

早在美国独立战争期间，关于采用哪种语言教学的争议就开始了，虽然本杰明 · 富兰克林等人担心使用德语可能削弱国家统一、阻碍政府工作开展，但双语教学仍超然于政治而继续存在。

19 世纪中期到末期，德国移民数量不断增加，引发了一场关于双语教育的激烈辩论。辩论再次围绕非英语人群能否成为好公民展开，而不是采用非英语教学是否是有效的教育政策。由于第一次世界大战，反德情绪使德语在美国无法继续作为教学语言使用。

正如英德双语教育在殖民地课堂司空见惯一样，19 世纪，英西双语教育在加利福尼亚州的课堂上也是如此。然而，因为淘金热，大量来自墨西哥的移民很快激起反墨情绪，1885 年，加利福尼亚州禁止将西班牙语用于教学。直到后来由于法律的改变，才使这种双语教育在 20 世纪中期再次普及开来。

现在，唯英语运动威胁要结束这样的教育，并且已经在加利福尼亚州展开行动。1998 年加州通过的 227 号提案要求改革教育制度，其中一项就是将英语水平有限的学生（LEP）与母语为英语的学生分开教学，在转入普通班级之前几乎完全采用英语教学。这种做法的术语是“保护性英语沉浸”。227 号提案的支持者声称，这种沉浸式教学在教授英语语言技能方面，比简单地让 LEP 学生学习为英语母语人士设计的课程更有效——可称之为潜移默化——也比双语课堂更有效。

唯英语运动是正确的，但沉浸式教学并没有达到效果。在 20 世纪初，那些与母语为英语的学生一起学习的移民学生，如果得不到特别的语言辅助，学业表现就会很差。1911 年美国移民局的研究报告显示，77% 的意大利移民、60% 的俄罗斯移民和 51% 的德国移民的孩子在学校掌握的知识滞后了一个学期甚至更多，相比之下，只有 28% 的美国本土出生的白人儿童会这样（http://www.aclu.org/library/pbp6.html），美国本土出生的非洲裔儿童没有被纳入这项研究。

另外，要确定美国的双语教育是否取得了更好的效果是一件很困难的事情。针对 LEP 学生的英语是否有进步的研究，将那些以英语作为第二语言（ESL）课程的儿童数据与真正接受双语课程教育的儿童数据相结合。ESL 项目向儿童提供英语技能方面的特殊指导，但这些儿童的其他课程都和母语为英语的儿童一起上。因此，沉浸式英语学习是额外的补充，真正的双语项目旨在以交替模式提供两种语言的教学。

因此，真正的问题是，在教育母语不是英语的孩子时，沉浸式教学和双语课堂哪个更有效呢？

在撰写本书时，227 号提案似乎仍未实现既定目标。国家文化委员会在 2006 年关于少数族裔青少年的报告中指出，对母语为西班牙语的学生而言，在用西英双语教学的中小学里，学生阅读测试的分数要比那些只用英语教学的学校里学生的分数高。他们的结论是，母语（这里指西班牙语）的读写能力有助于提升第二语言的相关能力。这一发现符合语言学家和教育学家一直以来的观点，即孩子们最容易用他们已知的语言来学习阅读和写作。此外，如果（科学、数学、历史等）内容以他们已知的语言来展现，他们将掌握得更好。最后，优秀的母语读写能力预示着第二语言也能达到优秀的程度。因此，使用母语学习的孩子们为后期学习第二语言打下了良好的基础。这些观点认为，双语教学将比沉浸式教学更好——2006 年的研究证实了语言学家和教育学家的观点。

不过这只是一项研究。在我们作出自己的判断之前，最好再等等其他研究成果，只是我们没有时间再等了。在唯英语运动背后，有很多个人正在其他州乃至全美国范围内，为类似加州 227 号提案的提案提供基金支持（最近的一个就是在本文写作期间，于 2009 年 1 月在田纳西州纳什维尔提出的提案，不过被投票否决了）。因此，根据我们自己的经验，让我们试着回答这个问题，沉浸式教学和双语课堂哪个更可取。

假设你是一个正在上学的小孩，手里有本漂亮的书，你打开书然后看到：

ἀγαθὸς ὁ ἄνθρωπος

你可能会惊呼："这是希腊语！它甚至都不是罗马字母。"嗯，你是对的，这是古希腊语。你的反应有助于我提出一个很重要的观点：如果我给你一篇用罗马字母书写的文章，即使你不懂这门语言，至少也知道怎么开始读这段文字，因为你读的是英语。大声读下面这句话：

Vi er her kun tre dage.

你可能没法像一个母语为该类语言（丹麦语）的人发音那么标准，但你读得也不会差得太离谱了（这句话的意思是"我们只在这儿待三天"）。

鉴于正在阅读本书的你已经明白何谓阅读，所以很难设身处地地为一个即将入学的孩子着想。你已经知道书页上字母原本的发音以及在单词中它该发什么音，但一个正在学习阅读的孩子必须首先学会这种对应关系。所以，重点是要先去掉你相对于移民子女所具有的全部优势，你才能够真正理解他们面对的任务有多艰巨。

假设情况是这样：我们是母语为英语的美国儿童，搬到了某个神秘的地方，那里人人都说古希腊语。现在我们在学校里参加了一个沉浸式课程。我们必须在掌握书写体系的同时，学会这门全新的语言（谢天谢地我们已经知道阅读需要什么了）。

考虑到所有这些，让我们再一次面对这个句子：

ἀγαθὸς ὁ ἄνθρωπος

这句话是什么意思？我们怎样才能解决这个问题呢？老师指着印着这句话的书页，然后说了点什么，也许这些话飘到了我们的耳朵里。

ahgatoshoantropos

关于这些发音的事情有点奇怪。首先，上面这句话里的粗体字（第一个字母“o”和第三个字母“a”），其音高出现了变化，但改变音高并像英语的重音那样，需要额外的音量和音长。其次，字母“r”发颤音，也跟英语不同。再次，元音和英语元音的发音并不完全一样。

我们看到这些字母、听到这个句子，但我们不知道在这句话里，哪个发音和哪个字母对应（如果我们不知道读的内容是什么，我们甚至没法像事先设想的那样，知道发音和字母之间有对应关系）。从发音上，我们没法判断单词在哪里分开，因为这段发音并没给我们提供这些信息。

意识到我们的迷惘后，老师可能会放慢速度把这些单词再读一次。如果你是老师，你会怎么办？以随意的方式读下面的英文句子：

This is going to be interesting.

（这很有趣。）

现在假设你是一位老师，正在教孩子们学习阅读。再读一遍这个句子，这次要注意每个书面音节的发音尽量和拼写接近。除非你第一次读的时候极为认真，否则读音会和第二次读时有显著的不同，甚至可能第二次发音也不一样。

很有可能我们的古希腊语老师也会同样行事——第一次发音和第二次发音不太一样。虽然老师想帮学生，但在教学时面临同一页上相同的字母两次发音都不同的状况。老师的出发点虽好，却没能减轻孩子的语言学习负担，所有孩子能做的只有鹦鹉学舌。

老师继续教下一句话：

τὰ τοῦ ἀνθρωπου παιδιὰ καλα

下一段我甚至不想写了，因为作为移民的孩子，我们拼命地寻找各类帮助。有时，老师会恼怒地看着我们，将我们迷惑的眼神当成没有专心学习的证据。出师不利，后面就很难改变老师的第一印象。并且，像其他孩子那样，一旦我们察觉到老师如何看待自己，就会怀疑学校是否是个好地方。

阅读课结束后，作为移民，我们被送到一个有特别支持的班级（就像前文提案中所描述的那样）。我们的特殊语言老师懂一些英语，虽然发音和我们不太一样。她看着我们的阅读教材，然后一次又一次地读第一句话，“The man is good”。发现我们面无表情地看着她时，她才意识到我们并没有理解她所读的内容，甚至连单词的音节是什么都不知道。她这才开始解释。

现在我们比以前更困惑了。翻译成英语是四个词，但希腊语只有三个词。特殊语言老师告诉我们，希腊语中“is”这个单词不用写出来，这是希腊语和英语的区别。

我们指着第一个单词，读“the”，指着第二个单词读“man”，到第三个单词——在我们读之前，特殊语言老师让我们停下。看起来第一个单词是“good”的意思，第二个单词是“the”的意思，第三个单词是“man”的意思。她告诉我们这些单词在古希腊语中可以用多种顺序呈现，我们尝试按下面的顺序来：

ὁ ἄνθρωπος ἀγαθός

老师赞许地笑了。现在我们尝试按下面这个顺序来：

ἄνθρωπος ὁ ἀγαθός

老师停止了微笑。这个顺序不太合适，因为表示“the”的单词出现在表示“man”的单词前面。但她告诉我们，这句话就是这样。我们可以继续学习，但你可能已经厌烦了这个例子，你所扮演的这个孩子也厌烦了。

将孩子需要学习的东西列个清单吧，其中包括：（1）字母；（2）字母和发音之间的对应关系；（3）单词的意思；（4）希腊语——不同发音和不同语法。这个清单简直令人望而生畏。

现在再看一个现实情况：我们正在扮演的那个移民孩子被带回普通的班级，需要学习科学、历史、地理和数学——都用希腊语教学。

虽然在学校，不同课程中遇到的很多单词在其他地方都用不上，但孩子们在操场和餐厅也会碰到单词，某些单词仅限于学术用途，例如光合作用，课堂上所有的学生都是第一次学这个单词。移民孩子仅在希腊语环境中学这些词，而没在英语环境中学。其他课堂词汇则是我们日常用词的一部分，例如，国家（在地理课中会遇到），肝脏（在科学课上会遇到），等等。移民孩子要比其他孩子付出更多努力，因为其他孩子已经学过这些希腊语。也就是说，移民孩子在学习课程时要先过语言关，而这需要很长很长的时间——可能要用好多年，因为这项任务太艰巨了。

现在让我们假设自己是一种英语—希腊语双语课程的学生，课程模式是：每个双语教室有两个老师，都能用双语教学，但其中一人以英语为主（英语是其母语），另一人以希腊语为主。老师们都能听懂这两种语言并用它们回答问题，但会用各自的主导语言授课（一个用英语授课，另一个用希腊语授课）。他们轮流授课，如果一个人某天教数学，另一个人就会在第二天教。我们这些学生用两种语言听、说、读、写的所有科目。当老师用我们的母语授课时，我们就像在本国的学校里学习，虽然我们的用的课堂材料都是另一种语言，跟沉浸式教学的孩子一样。

现在让我们假设自己是与上面这个模式完全不同的另一种英语—希腊语双语课程的学生。在学校里，学生四年级之前都用母语学习所有的科目，外加另一种语言的集中强化课。在五年级时，再学习第一种模式的双语课程。然后，这所特殊的学校在学生九年级时转而提供正规的希腊语课程。因此我们这些学生在四年级之前学到的东西和在本国一样多，听、说、读、写能力都得到很好的发展。到了五年级，学习任务只是学各科知识，而不用同时学一种新的语言和各科知识。而到了九年级，我们改用希腊语学习各科知识。这时我们的母语已经学得非常好了，此后的读写能力都没有大问题。这种模式与前一种不同，给转学生带来了问题，预计转学生的年龄越大，问题就越严重。然而，这种模式的优势在于利用了这样一个规律：如果学生已经精通了第一种语言，那么他们学习第二种语言的速度就更快，效果也更好。

还有其他的双语教学模式，但我只列出了其中两种，因为第一种模式我比较熟悉（我的大女儿就去了这类学校——位于华盛顿的奥伊斯特学校），而第二种模式我认为更有前途。我自己也更希望在各类双语教学模式而非沉浸式教学模式中学习。

毫无疑问，双语教育比较昂贵，如果一个学校里学生们的母语超过 24 种，恐怕没有哪个社区能负担得起为每个人提供双语教学的费用。然而在美国，许多社区的移民孩子大多集中使用同一种非英语语言，这些社区可能无法承担实施有效双语课程的费用。

在这里，让我们简短地讨论语言政策和听力残疾人的问题。一个多世纪以来，听力残疾人的识字率始终都较低，这种情况对培养他们使用双语的能力有负面影响。19 世纪末曾经发起过一场运动，鼓励听力残疾人使用自己国家的语言。在美国，这意味着要听力残疾人学习英语。针对这两种运动的支持者，我们首先想到两个相关的问题：一个听力残疾人能学会说英语吗？一个听力残疾人能学会并理解英语口语吗？

许多听力残疾人花费数年时间学习说英语，但收效甚微或压根没有成效。另外，一些听力残疾人（很少一部分）已经学会了说英语，说出的英语也能让陌生人听懂。许多听力残疾人多年来一直尝试读唇语（就是说，通过观察说话人的嘴巴、脸颊、下巴等的运动来理解他说的话），虽然少数人能成功掌握这个方法，但大多数人情况并不理想。

听力残疾人要学会说一门语言和读唇语，其难度远高于健全人学习和理解手语。大部分人都没能成功，而成功学会的人所付出的教育和情绪成本则非常高。因为大多数健全人不会打手语，健全人和听力残疾人在日常生活中各过各的日子就不足为奇了，继而会形成各自不同的文化。

听力残疾人和健全人有各自不同的文化，这并不是问题，问题在于，听力残疾人被主流文化排除在外，因此，他们的各项权利包括受教育的权利都没有得到应有的保护。

然而，在我继续语言政策的问题之前，我想指出：听力残疾人并不是绝对都会被主流文化排斥的。很多年以前，许多先天性听力残疾人生活在美国马萨诸塞州的玛莎葡萄园岛，这个岛上的人慢慢地都学会了熟练使用手语。

我们现在准备讨论两项关于语言政策和听力残疾人的重要问题。一项是知情权，另一项是受教育权。

当世界各地的医疗机构意识到艾滋病具有传染性时，许多国家都开展了大规模的公共宣传活动，但压根没有人在听力残疾人社区开展宣传。结果，艾滋病像野火一样在此类社区蔓延。如果不是小哈利 · 康尼克在 1900 年积极组织了听力残疾人艾滋预防项目（http: //www.hivdent.org），谁都不知道艾滋病在此类社区的蔓延还会持续多久。没有人意识到，艾滋病传染应该向听力残疾人广而告之，这给全世界范围内的听力残疾人都带来了灾难性的后果。

为什么我们的政府和医疗机构会忽视听力残疾人的知情权？原因很简单：一般来说，听力残疾人被大家视而不见。现在，语言学家们的努力起到了一些效果，他们的身影越来越多地出现在社会生活中，权利也开始得到保护。1960年，威廉·斯多基出了一本名为《美国手语结构》的书，该书明确了美国手语作为一种正常的人类语言的地位。此后，语言学家就开始发表文章、出版书刊等，分析美国和世界各地的手语（见第五章）。

在1990年出台的《美国残疾人法》中，听力残疾人在很多场合都有了获取手语翻译的权利，包括所有的法律程序和医疗过程中，翻译费用由法庭和医疗机构负责。

第二项权利则涉及教育。1750年以前，西方的听力残疾人基本没有识字或接受教育的机会。1755年，阿贝·德雷佩神父震撼于巴黎听力残疾人糟糕的生存环境，为其建立了法国巴黎聋校，运用当地听力残疾人的手势和手语组合来教导其他听力残疾人。在这所学校里，萨基神父的教学特别有效。他将听力残疾学生让·玛斯培养成这所学校的老师，而让·玛斯又将另一个听力残疾学生培养成该学校的老师，就是罗伦特神父。1816年，罗伦特神父和托马斯·加劳德特一起去了美国，加劳德特是个健全人，其妻子是一位听力残疾人，他们在康涅狄格州哈特福德建立了美国聋人保护所，向美国听力残疾人传授法国手语，当然他们的学生也会使用各种各样的当地手语和家庭手势（这些手势通常用于和其他家庭成员沟通）。

这些听力残疾人聚集在保护所里，使用着无法互相理解的手势，结果是什么呢？在那里只有两个教师使用法国手语，许多学生使用各自不同的手语。但教师的权力很大，在教室里很有权威。这种局面导致出现了各种语言混杂而成的洋泾浜语——一种让人们能够进行大致交流

（如第九章所述）的不拘小节的沟通用语——这种语言在哈特福德学校自然而然地产生了。但洋泾浜语毕竟没法长久持续下去。后来，在只学习这种洋泾浜语（既不是法国手语又不是当地手语）的听力残疾学生中产生了克里奥手语，也就是我们今天所说的美国手语，这和美国口语出现的年代极为相似（如第九章所述）。

哈特福德学校（后来更名为美国聋校）的成功，促使美国国会在 1864 年通过了一项法令，该法令批准成立哥伦比亚聋盲人学院，位于华盛顿，这是第一所专门为听力残疾人、视力残疾人提供高等教育的学校。

把听力残疾人和视力残疾人放在一起教学有意义吗？他们对特殊教育的需求具有相似性吗？视力残疾人并没有一套自己独有的语言体系，他们和健全人说几乎一样的语言。健全人对语言障碍的错误理解导致这两类残疾人被放在一起教学。尽管如此，这所学院的建立仍是一个值得欢呼的里程碑。它的首任校长是爱德华·加劳德特，托马斯的儿子。后来，这所学院改名为加劳德特大学，成为全世界范围内最重要的听力残疾人教育机构之一。美国许多州后来也建了很多听力残疾人学校。

一切都很顺利。然而到了 19 世纪 70 年代，一场辩论开始了，由此导致听力残疾人教育的巨大倒退，亚历山大·格雷厄姆·贝尔对此应负主要责任。贝尔和一些人错误地认为：教育听力残疾人使用手语，会导致他们与正常听力社群产生隔离，因此听力残疾人不应使用手语，而要学习发声和读唇语。

这类所谓的口语学校迅速兴起。1880 年，意大利米兰的国际听力残疾人教育大会认为，在教室中使用手语并不正确。一夜之间，手语在西方课堂上被全面禁止。到了 1907 年，美国已有 197 所听力残疾人学校，但无一所使用手语。让我们设身处地地想象一下，你在无法听到声音的情况下尝试说话。假如把一个听力健全的人的耳朵堵住，然后把他带到泰国让他学习泰语。没有语音输入，他该怎么办？当然，如果他已经会用另一种口语，那他就有了一个好的开始，但不同语言在发音上有显著区别，如辅音和元音。他已经知道牙齿、舌头、声带、肺、口腔和鼻腔、嘴唇都会参与发音。但如果他听不到，就没法比较自己对声音的模仿是否正确，那么在发音时，他怎么学会将舌头放在嘴里的正确位置？当没法检查自己的发音和标准发音的区别时，他怎么才能学会正确地收紧声带、恰到好处地闭上嘴唇，或掌握其他跟发出特定声音有关的要领？

口语学校使用了很多方法，包括当发音接近标准时奖励、发音不标准时惩罚等。老师将学生的手放在自己的喉咙、脸颊、嘴唇上，以帮助他们感受说话时身体各部位的变化。但通过这种方式能得到的信息毕竟非常有限。

那么，试着读唇语呢？你可以试着对捂住耳朵的朋友说出单词 pat（轻拍）、bat（棒球）、mat（地毯），你的朋友十有八九没法区分这三个词，因为它们的区别就在于读音，光凭眼睛是看不出来的。pat（轻拍）的初始辅音，声带变化并不快，但棒球（bat）、mat（地毯）的初始辅音声带变化很快。mat（地毯）的初始辅音发音时，空气持续从鼻子流出，而 pat（轻拍）、bat（棒球）则不是。如果你只能从说话者的脸部变化这一个途径获取信息，那么时间越长，读出这个单词的机会就越大。

在口语学校里，孩子们的时间和精力都被学发音和读唇语占据，往往要花费数年时间，通常只能学到很少的数学、地理、历史、文学知识。换句话说，这些学校在很努力地让听力残疾人“长出耳朵”，而不是教育他们，其努力终告失败也就不足为奇了。19 世纪 50 年代是使用美国手语进行听力残疾人教育的全盛时代，哈特福德美国聋人保护所的毕业生，文化水平和健全人差不多。但到了 1972 年，美国听力残疾人高中毕业生的平均阅读能力只能达到健全人四年级的水平。英国的情况大体相仿。

今天，美国的听力言语残疾儿童可以在专门为其开设的特殊双语—二元文化（美国手语—英语）学校就读，（在大多数情况下）也可以进入普通学校就读，并获得额外的支持课程和专为其提供的翻译助手。尽管大多数学区距离理想的主流模式还很远，但我们正在为恢复听力言语残疾人受教育的权利而努力。不过，这类残疾人的教育也面临着新的威胁。随着人工耳蜗植入技术（CIs）的日益盛行，很多社区又开始恢复口语教学。然而，最近的证据表明，植入人工耳蜗的儿童仍然需要额外的支持课程，而且他们在特殊双语—二元文化的教育环境中，比在严格执行口语教学的环境中学习效果更好。

任何教育改革——无论是关于移民子女的唯英语运动，还是亚历山大•格雷厄姆•贝尔发起的关于听力言语残疾学生的运动，都会影响到我们所有人。一个社会中，任何特定群体的孩子如果接受有缺陷的教育，并可能对教育采取消极态度，其风险是不言自明的。不管他们的父母是移民、来自某个特定种族、有听力言语残疾还是陷入贫困，情况都是如此。美国一贯自豪于能保护好国家遗产中最重要的一部分——受教育权，并反复强调这种权利对于每个国民都是平等的。

本章关键词

bilingual education　双语教育

Deaf rights　听力残疾人的权利

第十三章

语言是如何支配我们的？它会被滥用吗？

How does language wield power over us? Can it overpower us?

本章论述了四种不同类型的或强大或巧妙的语言使用方法。我会一一介绍这些方法，并在每个例子中引入一些新的术语。要讲的术语我都列了出来。事先熟悉这些术语对于读懂这章后面的部分很重要，当这些术语在本章中第一次出现时，我会用粗体标黑它们的相关解释。

presupposition 前提

entailment 实质条件

cancelability test 可撤销性测试

conversational implicature 言外之意

frame/framing 结构

taboo terms 禁忌词

我在斯沃斯莫尔学院教授语义学时，最喜欢讨论的一个主题就是“前提”和当它错了时会发生什么。**前提，就是说话者和倾听者在说和**

听时都认为是理所当然的东西。以“他戒烟了”这句话为例，前提是“他”曾经吸烟。如果没吸过就谈不上“戒”了。**如果表述时将前提当真，那么前提必然是真的，这叫实质条件。第一句话“他戒烟了”蕴含了第二句话（它的前提）“他曾经抽烟”，因为第一句话是真的，所以第二句话也必然是真的。**

为了帮学生们记住什么是“前提”，我让他们想象下面的情景。你在法庭上接受审讯，你被错误地指控殴打自己的狗。一个聪明的律师可能会问你：“你停止打你的狗了吗？”如果你被要求回答是或否，你将怎么说？如果你回答“是”，你就是在说“现在没有打狗”，等于你承认以前打过狗。反之，如果你回答“否”，那更糟，那等于你承认现在和过去都打狗。因此，“是”或者“否”都不是正确答案。摆脱这个困境的唯一办法是说你不能回答这个问题，因为这个问题的前提就错了。你从未打过自己的狗，所以“是否停止打狗”这个前提压根就不能成立。

显然，这是一种语言被滥用的场景。除非被指控的人知道动词如“退出”“停止”在提出时就蕴含前提条件，或能努力保持镇静并毫无畏惧地解释说这个问题提得不对，否则麻烦可就大了。

在类似的场景中，语言隐含着言外之意，例如广告。翻开一本杂志，铺天盖地的广告似乎向我们承诺了整个世界。广告通常的策略就是使用情态动词（如助动词）例如“能”“可以”。比如这条广告语“X 可以帮你在数天内变成 Y”，在这句话中，X 是指某种商品，Y 是指 X 被认为可以帮你达到的状态，我们会下意识地认为，它确实能达到 Y 的效果。例如，一种皮肤护理产品在开展市场营销时会使用广告语“X 可以使你的皮肤在数天内清洁干净”。你可能会认为太棒了，这正是你想买的。你掉进了广告的隐含意义里，就是 X 确实能帮你在数天内清洁皮肤。运用所谓的可撤销性测试，来确认某人能从一句话中猜测到的信息是否真实、是否不可否认或仅仅只是真实对话的言外之意，我们会发现，产品 X 压根没承诺能达到上面的效果。能说出下面这句话是非常棒的（我在使用可撤销性测试）：

产品 X 可以帮你在数天内清洁皮肤，但事实上，并非如此。

尽管这条广告在言语中暗示，产品确实能有助于清洁你的皮肤，也就是说，人们看广告时很自然地被引导认为它能做到，但推导出的这个结论能轻易地被推翻或取消。因此，如果你因为皮肤使用产品后没有起色而决定起诉制造该产品的公司时，可能反被嘲笑说：广告并没有说明产品能起到实质性作用。它说的是，它能帮助（而不是它一定能）实现。最重要的是，它只说它能提供帮助，而不是在没有其他措施的情况下创造奇迹。况且，“数天内”这个词也并没有给消费者一段具体可衡量的时间跨度。它没有提到究竟在哪段具体的天数内这款产品能产生效果。

广告里说过类似“如果你用 X，你会变成 Y”的话，他们确实做出了效果承诺，但其实也是通过谈话暗示来达到的，比如引导我们推测出一些似是而非的结论。假设 X 是一个学习辅助产品，Y 代表能在学校表现更好。广告语可能是“如果你用 X，你的孩子将在学校更出色”。如果你的孩子在学校表现不太好而你正在为没法帮助他而感到焦虑时，你读了这一广告后可能会认为，如果你不用 X，你的孩子将没法在学校表现出色。这是广告引导我们做出的结论。它是真的蕴含这个意思，还是仅仅口头暗示？让我们再次运用可撤销性测试，这个信息并非它看上去那么确定，把暗示去掉听起来也不错：

> 如果你用 X，你的孩子将在学校更出色，但事实上并不是说，如果你不用 X，你的孩子就不会做得更好。

孩子们肯定也可以通过其他方式来改善在学校的表现，所以家长不需要因为没买产品而感到内疚。但我们往往莫名其妙地就买了，广告在潜意识中发挥了作用。

除了法庭和广告，在我们的生活中，语言还会在政治方面发挥不正当的操纵作用。就像之前这个问句“你不再打你的狗了吗？”无法简单地用“是”或“否”来回答，下面这个指令也没法执行（我马上会讲一些涉及政治操纵的案例）：

> 别想大象！

这是一项不可能完成的任务，有意识地不去想大象，结果当然是会想到大象。为什么呢？**首先，你会去理解这句话中的词，这就包括了“大象”这个词，在这个过程中你会唤醒大脑里的包含领域广泛的知识框架，其中就涉及什么是大象。**因此，你会陷入对大象的思考中（可能是非洲或亚洲，也可能是偷猎象牙、动物面临的一般或潜在危险等）。

有政治事务（政治倾向）的人可以利用这些语言结构来做对自己有利的事情。我们来看一个曾被详细分析过的书面例子：税收减免。将你的注意力完全集中到“减免”这个词上，如果我们能获得减免，我们就肯定能从以往努力奋斗的痛苦中获得一点解脱。此外，“减免”蕴含了一种力量，它将受苦的人从痛苦中拯救出来。听起来很像一个故事，故事里的某个有犯罪行为（痛苦）的受害人（受苦的人）被英雄（发起减免的源头）所拯救。我们都知道犯罪行为很可恶，而英雄是好人，任何一个有良知的受害人都会感激拯救他的英雄。因此，这个特殊的语言结构（税收减免）构造了一个完整的场景，在这个场景中我们习惯于按照某种既定的方式作出反馈。

现在，让我们假设你不相信减税是有益的，因此它们不是减免的一部分，你要捍卫自己的立场。你面对一个虽说不是不可能完成但也很困难的任务。从有减税这个事情开始，“税收减免”这个词就一直在使用。

有人说：税收减免得越多，创造的就业岗位越多。你投票反对增加税收减免，为什么呢？

这就要从“税收减免”这个词的结构说起。而且，即使你的回答基于反对“税收减免”这个词的存在，太过关注这个词本身也会强化它，就像人们越被告知“别想大象”就越会忍不住想到大象，人们在讨论税收减免时也会忍不住想到犯罪行为、罪犯、英雄等。

再来看另一个显示语言强大力量的案例，**咒骂的词如混蛋、杂种，也就是所谓的禁忌词，会引起别人强烈的情感反应，有时这种反应并非说话人所希望的。**考虑下这个案例（来自语言学文献），一位校监在社区发表了一篇反对种族歧视的演讲。

> 黑鬼有各种颜色。对我来说，黑鬼就是不尊重自己和他人的人。

校监的本意并不是制造种族歧视，事实上，他的本意完全相反——他试图说明，只有不尊重自己和他人的人，才会让人用贬义词“黑鬼”来形容，不分颜色和种族。然而，尽管本意是好的，他的语言却挑起了种族歧视，对“黑鬼”这个词的使用激起了社区民众的愤怒。

这种特别的反应——因为没人意识到的问题而采取行动——其实是

很普遍的，尤其是对于一些禁忌领域，如种族、民族、特别的宗教、性取向或其他在历史上曾经遭受歧视的领域。大多数人都明白，我们使用这类禁忌词是存在风险的。跟这些禁忌有关的人群认为任何人使用这些词都很粗鲁无礼，因此，不仅他们自己不用，也不让他们的孩子用（至少在他们可以控制的范围内）。他们甚至拒绝涉及这些禁忌的学术讨论、书籍所得出的结论，比如我们现在所讨论的内容。

然而，说话的人对所有的禁忌词肯定不会只从单独一个方面作出反馈，大多数人会根据禁忌词所在的上下文进行思考，然后根据这个词在上下文中的意思作出合适的反馈，尤其是当某个禁忌词涉及跟所有人相关的常见事物时（而不是歧视某个群体），比如撒尿、生殖器或性行为（如反对性取向）。如果一个成年人在烧烤时随口说了“他妈的”（shit），过了会儿，一个三岁的小朋友碰巧掉了个热狗，然后沮丧地也说了句“他妈的”，正和刚才那个成年人的话形成对照，一些人恐怕会大笑起来（这不是说大笑的人不该立刻向孩子解释使用这个词很不礼貌，而是即便你采用审视的眼光，你也会大笑的）。有很多人在和朋友随意聊天时会使用禁忌词，用点这种禁忌词会让气氛更友好。但如果陌生人突然加入并以相同的方式说话，刚才还这样说话的人可能不仅会感到很惊讶，甚至会觉得受到了冒犯。说话的语境对说话人来讲很重要。

然而，禁忌词始终都有可能唤起听众的强烈情绪，这意味着它们可以成为操纵人的情绪的工具。我们可以有意识地使用禁忌词来煽动听众作出反应（可能是发起一场战斗或抗议游行，也可以是其他许多事情），或压制人们不作出反应（可能是通过消磨斗志、贬低人格来使他们屈服）。在这里，我想指出两种完全不同类型的操控方式，然后请你思考一下，自己周围是否还有其他种类的操控方式。

我和我的合作者在一个小而精的文理学院工作。当人们得知我们的工作地点时，经常有点害怕。他们会说："孩子，要想教这些聪明孩子，你得非常聪明才行。"这时我的合作者会用一种极其随意的语言来安慰这些人，让他们别这么傻。例如，当一队建筑工人给她的房子装高竹围栏时，他们会问："在伟大的斯沃斯莫尔学院教书，感觉如何？"她会说："总的来说感觉很棒，但有时那儿也像地狱一样，你懂的。"这有点冒险。工人可能认为她在自命不凡地欺骗他们（其实她没有，她就随口这么一说）。他们可能会认为禁忌词冒犯了他们，因为他们从不使用这些词，无论哪种情况都很糟糕。她的本意是希望他们和她相处时能更随意点——可以毫不犹豫地使用洗手间、喝点东西等等，这就是运用语言调节气氛的方式——让她看起来好像和他们是伙伴。很多时候，当我们想以友好的方式适应或融入一个新群体时，常会使用一些我们认为这个群体会使用的典型语言来和他们交流——有时候就包括禁忌词。

这个例子非常简单，建筑工人可能会意识到我的合作者的意图。其实，巧妙运用禁忌词在生活中时常发生。接下来是个斯沃斯莫尔学院的教授的例子，我们管他叫 B 教授好了。B 教授有个习惯，在给大一新生上第一次课时，会在课堂上穿牛仔服，随意使用禁忌词和十几岁少年的流行语。他想干吗呢？我们猜，他在使用"震撼效应"的方法。他在使用互相矛盾的信息与学生们玩心理战。一方面，他是个教授——站在讲台上的老家伙；另一方面，他只是个很时尚（使用禁忌词和十几岁学生流行语）的普通人（穿着牛仔服），他邀请你（通过着装和语言）跟他交流，就像你跟别人那样随意地交流。他通过这样的行为传递一个信息：在这个课堂上，你可能因为我使用的词而感受到我的兴奋，继而感到震惊和敬畏，我知道如何跟你们沟通，你也知道如何和我沟通。这种行为有效吗？他是我们学校最受欢迎的教授之一（虽然这种语言操纵让我和我的合作者都感到不太舒服）。

总结一下我们对于语言和其威力的探索。我举了很多不同场景中的案例，在这些场景中，话语（或是话语中的某些词）有很多隐藏的含义，尽管这些隐藏含义不能立刻就被体会到，但却非常强大。前提是一类话语的言外之意，它被认为是必然成立的（例如，将正在讨论或有待讨论的事物当成事实看待），并且必须为真。从表达逻辑上看，一段话听起来像事实，但其实并不是，那么它的结论随时可以宣告无效。因此，说话者（或写作者）可以传递一个有力但没有做任何承诺的信息。说话者可以利用词语结构来激发听众头脑中的想法，而听众毫无选择的余地。最后，关于禁忌词，每个人都知道它们在某些语境下威力强大，但其实也能以更微妙的方式来运用它们。

本章关键词

language and power 语言与力量

language of advertising 广告语言

language politics 语言政治

第十四章

接触和使用攻击性语言，会不会危害孩子们？

Does exposure to and use of offensive language harm children?

很多人认为：接触攻击性语言会危害孩子们，而对儿童语言和文学进行审查则不会。这种审查制度在美国方兴未艾，现在思考它的影响正是时候。此外，正因为许多真正有思想的人士都赞成审查制度，我认为，我有责任在这场辩论中唱唱反调。

对语言的审查，经常会试图控制语言的变化。例如，当我还是个孩子的时候，很多关于生殖器官的词都是禁忌，如果孩子们用了这些词，就会遭到老师的责骂（或更严厉的处罚）。我不可以说的单词列表包括阴茎、阴道等身体部位，如今这些词已经可以在课堂上使用（许多禁忌词逐渐丧失了其恶劣内涵）。人们出于宗教、政治正确等原因，通过审查语言、禁止使用其中的某些词语，来控制语言的改变。毫无疑问，审查制度跟语言有关（给语言学带来了麻烦）。

我对语言审查这个问题特别感兴趣，因为我不仅是一名语言学家，也是儿童小说作家，此外还在学校和美国各地的写作协会乃至国外的很多地方教授儿童和成人写作课程。作为一名作家，我所面对的两个对语言最大的误解是：

> 1. 有些词是正确的，但其他词不对——因此我书里的人物不可以说“我游得很好”（I swim good），只能说“我游得很棒”（I swim well）。
>
> 2. 有些词在童书中出现可能引起麻烦，尤其是不能从儿童的嘴里说出这些词来。

这种充满误解的评论通常来自编辑，有时甚至是非常出色的编辑。通常情况下我会妥协。你可以读前文第八章来看一下我的反应。对很多人来说，“我游得很好”（I swim good）这句话并没有语法问题，在语法上允许形容词修饰动词或动词短语。比如“她工作很努力”（She works hard）这句话也符合这一语法规则，以英语为母语的人在日常对话中经常这么说。而“我游得很棒”（I swim well）也符合语法规则（虽然很多人觉得不太自然），无论如何都没法用这句话质疑“我游得很好”（I swim good）不符合语法，因为从语法角度看，存在大量语句和许多不同的句子类型。在极少数人的演讲中，只有副词能修饰动词和动词短语（因此他们不会说“She work hard”）。而对大多数其他人（事实上是大多数美国人）而言，尽管在形容词能修饰的动词范围方面有分歧，但他们普遍认为副词和一些形容词都可以修饰动词和动词短语。对第三群人来说，形容词比副词修饰动词和动词短语更合适，因此他们说“他们学得很快”时使用“They learn quick”而不是“They learn quickly”。第三群人中年轻人占据了主导地位，这一事实表明，当前语言变化的方向跟动词和动词短语的修饰有关。

然而，到目前为止，需要澄清的更深层的误解是二次审查制度。下面是一份反对审查的声明，要理解它，在一定程度上取决于你有没有读过本书前面几章的内容。这份声明是：

> 1. 语言是人类的基本需求，即基本人权，就像人类要吃饭和呼吸一样，这项权利必须被免于审查。
>
> 2. 语言不等同于思想，所以试图通过审查语言来审查思想既是误导也是注定会失败的。此外，如果语言等同于思想，那么试图审查思想意味着对儿童人格的不尊重。因此，假如我是错的，并且这些尝试远非徒劳无功，那它们最起码也是很卑鄙的。
>
> 3. 无论是内心思考还是对外表述，语言都是将我们的经验组织并表达出来的一种基本方式。它赋予精神合法性，具有创造性和艺术性，因而它不应被审查。此外，谈话和写作并不需要花钱，语言的艺术触角可以伸展至社会的各个阶层，包括最脆弱的群体——我们的孩子。正因如此，语言的创造力才更应该受到保护。

本书的多个章节都为上述第一条声明提供了相关论证。我想补充的是，我支持语言作为人类的基本权利，即使它会涉及仇恨言论等可怕的事情。当然，有可能煽动并引发犯罪行为的仇恨言论，本身就是犯罪，是不能容忍的，但这与只是简单意见陈述的仇恨言论是完全不同的。事实上，这就是在表达不同意见——站在不受欢迎的立场——的权利。虽然我们都有权不同意这些言论的观点，但我们必须尽可能保护这项权利。

第四章为上述第二条提供了相关的佐证。

而第三条我们还没有以任何方式阐述。我们需要考虑审查制度的正反两面，以及文学艺术的价值。我希望能澄清“接触和使用攻击性语言会危害孩子们”这种误解。

首先，我要说明的是面临最大阻力的方面，即儿童语言的使用。因为社会和个人因素，许多人常会因为各种语言而生气。比如遇到攻击社会精英主义的言论，我就会生气，但我很少会因为别人的咒骂而感到被冒犯。而我妈妈遇到这两种情况都会生气，我的小儿子遇到这两种情况则都不会生气。我不反对人们因为某些用词而生气，但有时候，成人会认为使用某些词语对儿童有害，从而禁止儿童使用——即便他们自己都在用。

这种行为令人讨厌，不仅因为它伪善，也因为它并不正确，起码我是这么认为的。儿童的思想、情感各异，如果他们想把这些表达出来，那么作为关心他们的成年人，理应认真倾听。如果我们反对儿童去表达自己的想法，那么他们就会什么都不想说，这才会对他们造成真正的伤害。

然而，即使儿童接受了语言审查的指导，不去使用攻击性词语或其他禁忌语，他们也可能在脑子里仔细思考这些语言所表达的攻击性思想，也就是说，语言审查虽然控制住了语言，却没能控制思想。大人们常常为孩子提供替代性词语，让他们不说“该死的”（damn）而是说“找死”（darn）等经过选择的特殊词汇。那些对惹他们生气的人、踩了他们脚的人说“可恶”（blinkity）但却希望自己弟妹也碰到同样情况的孩子，比那些扬起小下巴挑衅父亲时说“混蛋”（asshole）的孩子有更粗鲁、更暴力的思想。如果你认为说“该死的”这种话会伤害到孩子，那为什么说“去死”“可恶”就不会伤害到孩子呢？这种审查制度搞错了重点，就像我们因为孩子们穿着干净美丽的衣服，就得出他们表现很好、很开心的结论一样荒谬。如果我们希望在孩子们的成长过程中给予更多帮助，就应该鼓励孩子们以自己喜欢的方式来表达自己的思想和情感。

现在我们来谈谈文学审查的问题。这个问题对美国民众很重要，我给你们看一些生动的例子：

- 2000 年 11/12 月的儿童读物作家和插画家协会公报收录了一篇文章，题为《禁书：参与其中的经历》。
- 2000 年秋，作家协会公报收录了两篇文章，分别名为《当你看到它，你就知道它？你仍然可以在互联网上看到它》和《为禁书庆祝》。
- 《相关写作课程》（AWP）杂志 2000 年 12 月第 33 期收录了作家编年史《自我审查和其他选择》。

我订阅了这三种出版物。2000 年秋天，我正准备在美国语言学会冬季会议上发表一篇关于语言审查的文章。有了这些出版物，我无须离家就可以做研究，这项研究“轰炸”了我，审查制度是一场已经拉开帷幕的重大战役，我需要立刻发动反击。

我是 2000 年 11 月的全国英语教师委员会（以下简称 NCTE）的年会发言人，因此收到一份他们的出版物——2000 年的春 / 夏《青少年文学评论》第 27 期，这本杂志上收录了两篇相关文章,《创建模拟审查》和《中学生和阅读权》。这两篇文章都引用了弗吉尼亚瑞德福大学的罗伯特教授的研究成果。因此我给这位教授写了封信，他给我寄了一份厚厚的关于审查的文献资料，以及 1993 年的《青少年文学评论》第 20 期，这期杂志上的所有文章都在讨论审查制度。

从这些记录中，我了解到“美国式公民”这个组织（以下简称 PFAW，诺曼李尔的非营利性组织）在 1996 至 1997 年对审查制度所做的记录数量，比 1988 至 1989 年的多了 7 倍，并且这个数量每年都在增长。PFAW 现已停止出版这一很有价值的年度记录，因此无从得知后来发生了什么——但我对此并不乐观。在1999至2000年，仅在得克萨斯州（得克萨斯州是面对质疑最频繁的地方）的记录中，就保存了152项对于书籍语言审查的质疑，并由此产生了42个被禁止事件（2000年9月的得克萨斯州美国公民自由联盟的报告中列出了这些事件）。在审查过程中，排名前12的意见如下：

1. 攻击性语言，导致审查方不满的最主要因素（24%）；
2. 详细的性描述，导致审查方不满的第二大因素（23%）；
3. 涉及暴力或暴行的事件，包括强奸（13%）；
4. 贬低家庭价值（8%）；
5. 涉及恶魔崇拜，魔法或巫术的治疗（8%）；
6. “新时代”，无宗教信仰的故事（7%）；
7. 种族主义的案例（5%）；
8. 滥用药物的案例（4%）；
9. 包含令人沮丧的、病态的话题（3%）；
10. 对爱国主义或现有政权的攻击（2.75%）；
11. 包含反女权主义或性别歧视的文字（1%）；
12. 贬损残疾人形象（0.47%）。

当一本书受到质疑时，全国各地越来越多的校长和督导们就会火速地将这本书从图书馆挪走。因为小学生最没可能自己到公共图书馆借书，审查制度在小学实施的效果最好，当然，对小学生的影响也最具破坏性。

当一本书被图书馆下架以后，出版社的编辑会注意到这些受质疑之处。而后在审稿的过程中，他们要求作者为减少争议而做的修订，会远远多于为艺术性而做的修订，这就导致孩子们能够看到的作品，在出版时就已经删除了“不良”内容。

更糟糕的是，出版社的营销部门会提高警觉，并在出版社内部开展自查，以至于那些有文学价值但受到上述质疑的书再也没机会出版（参见前文提到的 AWP 杂志刊登的文章），而未出版的作品将会失去流传的机会。

同样糟糕的是，有些创意写作老师经常会告诫学生们，要注意审查制度，有时甚至会亲自对学生的作文进行审查。在 2001 年 2 月的《作家编年史》杂志中，乔伊斯·格林伯格·洛特从一个成功的写作教师角度描述过这种困境。最可怕的是，作家们也将这些话听进去了。当一本书如《雪落香杉树》（Snow Falling on Cedars）被禁时，作家们会退缩，并搁置这样的书。

这就导致了很大的问题，20 世纪 90 年代，美国国家联合反审查机构应运而生，它发布了季度审查新闻。美国图书馆协会（以下简称 ALA）有一个知识自由委员会，它出版了双月刊《知识自由》，并主办了一年一度的“禁书周”活动，在这个活动中，每个人都被要求检查最常被禁的 100 本书单里的其中一本，ALA 负责发布这个书籍清单。NCTE 有一个反审查的常务委员会，它出版了一本名为《学生阅读权利》的小册子，其主要版面经常用来讨论审查问题。国际阅读协会（以下简称 IRA）有一个关于知识自由的委员会，这个委员会和 NCTE 一起制作了一本反审查的小册子《共同的立场》。因为阅读自由基金会和美国式公民（前文提过）的存在，上述反审查团体不乏资助，并且正在积蓄力量。

然而，目前尚不清楚这些机构能否坚持到底。他们的反对者众多且力量巨大，包括基督教联盟、家庭研究委员会、伊格尔论坛（老鹰论坛）等。得益于这类团体的支持，在 1996 年通过了《文明传播法》（简称 CDA），这个法案的一部分被美国最高法院裁定为违宪。在最高法院裁决反对 CDA 后没多久，国会就通过了儿童在线隐私保护法案（简称 COPPA），该法案要求互联网出版商确保未成年人不能访问“社区标准”认定对他们有害的页面。由于互联网出版商无法通过地理位置限制访问，COPPA 实际上导致他们必须遵守全国范围内最严格、最保守的社区标准的要求。此外，使用这些过滤器的人也无法确切地知道哪些网页会被屏蔽。

2000 年开展的一项研究，从网络域名中随机选择 1000 个网址，提交给冲浪观察过滤器。评估小组发现，其中 80% 被过滤器屏蔽的所谓色情网站是被误分类了。这个过滤器还屏蔽了加州一家存储公司、马里兰一家提供豪华轿车服务的公司和威尔士一家古董公司的网站。在同年的另一项研究中，前 50 个被赛门铁克公司防火墙屏蔽的以 .edu 结尾的域名中，至少 75% 都跟色情没什么关系，其中包括一家位于葡萄牙、跟牛奶巴氏消毒系统有关的网站；一家刊登部分爱德华 · 吉本的《罗马帝国衰亡史》内容的网站，一家刊登了节选自《圣奥古斯汀的自白》的拉丁文文章（可能因为其中含有拉丁文介词“cum”——英语里这个词意为射精——从而导致被过滤）。这些网络过滤提案就像一场闹剧。即使这项技术能够完美执行计划，审查制度也会产生问题。此外，系统拒绝那些缺乏验证性证书（如信用卡）或不想在互联网上确认自己身份的成年人访问。在这种氛围下，其他审查行为也迅速增加。例如，在 2002 年纽约高中会考阅读考试的文章中，用“真见鬼”（heck）替代“该死的”（hell）等词，使文章更加政治正确，此举受到言论自由团体的批评。总而言之，由多方面努力所推动的审查，正在各个领域热火朝天地开展着，以至于几乎没有人注意到它们具有明显的危害。

我认为，尽管大多数审查儿童文学或网络书籍的尝试都是有意为之，但审查者并没打算伤害谁。相反，他们的出发点是关注儿童幸福成长，才会想要对孩子们所面对的世界进行管控，他们的支持者认为这对儿童有利，尽管没有证据表明审查制度达到了这个目的。然而，我们有理由相信，审查制度会危害儿童、剥夺他们的基本权利，就像它剥夺成年人的权利一样。

这种危害的最著名的案例之一就是在20世纪下半叶被禁的一本书——哈珀·李的《杀死一只知更鸟》——因为它描写了跨种族的爱情故事。恐怕即使是现代图书审查制度的拥护者，都不会将这本书列入被禁名单，因为他们并不想沾上种族主义，也不想让孩子们认为不同种族间的爱情是错误的。社会价值观正在发生变化，一度被视为危害的东西，过一段时间或许反而会成为我们想保护的权利。

让我们思考一下审查工作经常针对的三类主题，并了解这种压制可能会对儿童造成的伤害。

首先，如果一本书中描述了一个发生很多不快乐事情的恐怖世界，就很容易成为审查者的目标，但实际上孩子们可能确实需要接触这类描述。2000年秋天的审查新闻中说："风格愤怒而怪异的歌曲常能减少青少年的孤独感，并与其他孩子开展更多交流。"从我个人的经历和观察来看，同样类型的故事也有这个效果。作为成年人，我们因为阅历丰富或读书众多，知道许多人都不会将自己最坏的想法和最深的恐惧表达出来。阅读让我们了解到人性中最深层次的想法以及现实生活中很少出现的亲密情感。我很庆幸当我读到珍·汉密尔顿的《世界地图》时，看到自己的恐惧和偏执在书中被具象化，当我给孩子们写作时，仍清楚记得这份感觉。那些认为自己的思想比别人更邪恶的孩子是最孤独的。孩子们的生活阅历有限，当他们尝试面对自己的想法和恐惧时，正需要阅读那些具有相同困扰的人物的经历，无论他是来自中产家庭、娇生惯养的孩子，还是在战火纷飞中挣扎的贫困儿童。他们需要阅读那些"令人沮丧、病态的话题”（这是书籍被禁的第 9 大热门因素），否则，只会减弱他们正视自己的力量。

罗伯特科米尔，《巧克力战争》《我是乳酪》等书的作者，为青少年写了很多让人痛苦的书，她说：“成为一个平和的人不难，厌恶暴力，热爱孩子、花朵、披头士老歌，并意识到这个世界带给我们的点点伤痕。不圆满的大结局并不意味着作者不相信它们的存在，文学应洞察人性的每个角落，甚至是其中的阴暗面。”（引自安妮塔 · 西尔维的《儿童书籍和他们的创造者》第 105 页）。查理德 · 派克，儿童文学类最高奖项纽伯瑞奖的获得者，在 2001 年 8 月的儿童书籍作家和插画家协会会议上说：“儿童文学作家不能总是创作大团圆结局，那样可能会导致儿童对世界毫无防备。”

其次，露骨的色情内容也是审查的目标，尽管有很多证据表明儿童需要阅读这些内容。越来越多的美国年轻人通过性途径被传染了病毒和疾病，包括艾滋病；在这里，意外怀孕比在其他工业化国家更常见，因为那些国家广泛开展了性教育（参见来自国家反审查联盟的审查新闻）。但其实，对性的无知，才是导致这一切的罪魁祸首，将性从儿童读物中清扫一空，会导致孩子们对这些一无所知，从而导致意外怀孕和相关疾病的增加。跟性在成人社会中的处境一样，在儿童文学中，性也一直是个富有争议的话题。例如，《安妮在我的心上》是一部获奖的流行文学作品，讲述了十几岁的女同性恋者的故事，作者南希 · 加登在 2001 年 11 月的密歇根图书馆协会会议上说：“如果你将富有争议的书籍从书架上都挪走，那书架上就没什么可以读的了。”

第三，暴力题材也是审查者的目标，通常这种类型的审查是正当的，因为接触暴力描述会导致暴力行为增加。然而，2000 年 9 月，美国参议院商业委员会主席约翰 · 麦凯恩参议员就美国联邦贸易委员会早前提交的一份报告举行了听证会，讨论娱乐业对儿童健康成长的影响时说："学者和观察人士普遍认为，在娱乐媒体上单独接触暴力题材并不会导致儿童采取暴力行为，这不是导致青少年攻击行为、反社会意识和暴力的最主要因素，更不是唯一的因素。"《他们为什么杀人》一书的作者查德罗·罗兹在 2000 年 9 月 17 日的《纽约时报》上撰文称："暴力不是从模拟暴力中学来的。很多具有因果关系的证据表明，暴力是从个人所遭遇的暴力事件中学会的，青少年的暴力行为一般始于父母或同龄人加诸自己的残暴行为。美国的暴力行为正在逐步减少，如果我们想进一步减少暴力行为，就要保护儿童在现实生活中免受暴力欺凌，这是首先需要努力的地方。"

我们应该得出什么结论？如果我反对审查者，我就会说，读一个骂人的单词不会影响孩子并让他们去骂人；阅读那些质疑上帝存在的文字，也不会让孩子去怀疑上帝是否存在。这基本上是在宣称，文字的力量很微弱。但其实，书面文字蕴含巨大的能量，我们所读到的东西，可以打开新世界的大门。优秀的文学作品的目的是扰乱常态，让我们重新审视以往的假设，让我们看到前所未见的东西。作为一个作家，如果我不认为自己的文字有这样的力量，我将会停止写作。

我的观点是，如果我们不让孩子读骂人的话，我们更没法保证孩子能正确理解这些骂人的话。而且也没有确切证据表明，在十多岁的少年里，没读过性描述的人发生性行为的可能性低于读过的人。然而，我们能确定的是，被剥夺了阅读这些负面描述的权利的孩子，在面对恐惧、绝望、生气、真爱和快乐时，也被剥夺了听见真话的权利；他们同时还被剥夺了跟故事里的主人公一起体验紧张情绪的机会。也就是说，这个孩子只能阅读被审查过的内容，而这些内容已经丧失了对于情感的深刻洞察，偏离了故事的本质。

著名小说《士兵的重负》的作者提姆·奥布莱恩说："如果觉得尴尬，你可以讲一个真实的战争故事；如果你不喜欢污言秽语，你就不会喜欢真相；如果你不喜欢真相，那就看你如何投票。把孩子们送到战场上，他们回家时会满嘴脏话。"

这是没办法的事。审查制度的代价是真相。我们在对孩子读的书进行审查时，就是在对他们撒谎，对孩子撒谎是不可原谅的。这是你和我，我们大家面临的问题。作为知道语言不等于思想并且认识到语言价值的人，请加入我们的阵营，消除我们的邻居对于审查制度能够导致什么和不会导致什么的误解。

本章关键词

banned books 禁书

censorship 审查制度

taboo language and children 禁忌语和孩子们

第十五章

当一门语言消亡后我们会失去什么？谁又在意呢？

What do we lose when a language dies? And who cares?

语言学家预测，目前全世界范围内大概有 7000 多种人类语言，而到了 21 世纪末，将会有一半语言再没有人使用。你可能会问，我们为什么要关注这个问题，语言消亡是个客观存在的事情。如果没有那么多人觉得他们需要使用一种语言，也许这种语言就应该消失，这对我们来说可能更好。如果更多的人使用更少种类的语言，不也挺好吗？大量人口使用的同一种语言（我称之为“大语种”，相对而言，少量人使用的语言称为“小语种”），这样在全球交流中不就没那么多语言障碍了吗？

很多原因导致这个问题的答案是否定的，而上面的推理，逻辑也并不正确。基于以下三个原因，我们最好能使用这些小语种，或至少在它们消失前把它们记录下来。

其中一个原因，作为正在培养孩子双语能力的母亲，我个人认为，语言并不仅仅是一群人交流时所使用的一种沟通方式，相反，语言是整个文化和信仰的奠基石。

当我听到其他双语家庭谈论，他们的孩子到一定年龄后就拒绝说小语种时，我很担心儿子尼克也是如此。在学校时，每个同学都说同一种语言——英语——突然间父母在家说的这种语言就会显得过时、没必要，甚至一文不值。当然，我希望尼克能熟练掌握自己的母语英语，但也希望他能保持使用其他母语的习惯，即他真正的“母”语。我在美国已经生活了 15 年，无论在家和我的美国丈夫，还是在学校和我的同事、学生，都能很自如地用英文进行交流。然而，在某些场合，我也会很自然地使用母语德语。例如，当我需要做很多计算时，我会用德语轻声地念着数字，当遇到月份、字母时我也会下意识这么做。这些基础词汇似乎已经以母语的方式根深蒂固地植入我的脑海，而第二语言要做到这点就难得多，无论它在生活中占据了多久的主导地位。当与婴儿或可爱的小动物交流时，母语也是主导性语言。和婴儿交流时，我们常会刻意使用尖锐、缓慢甚至夸张的语言，这种语言被称为“妈妈语”(motherese)，大概就是这个原因。

尼克可能无法像我这样，将德语作为他的默认语言，意识到这一点让我有点受伤。共同使用一种语言，不仅意味着共享词汇和语法规则，还意味着用同一种方式分享和表达对这个世界的感悟。事实上，一种语言中的幽默往往和另一种语言中的幽默天差地别——以至于经过翻译的笑话通常听起来都不太好笑。比如说，我写这章时尼克刚两岁半，我们俩一起玩傻里傻气的德国文字游戏，我喜欢这种生活。这是一种跟语言密切相关的幽默，很难翻译。在我们生命的这个阶段，尼克的德国外祖父母深入参与了他的生活，当他们来看尼克时，发现他的德语水平又提高了，感到非常高兴。而对尼克来说，能跟身边除我以外的其他人用德语交流很重要。

但不幸的是，上述情况只有在儿童阶段才是一件自然的事情——尤其是对有些孩子来说，他们在生活中很难接触到父母的母语，而且跟德语不同，这些母语在世界上可能只有屈指可数的老年人在使用——到了某个年龄段，对他们来说，掌握大部分人都在用的语言变得更重要，他们放弃了小语种。他们很早就学会，要在生活中取得成功，成为某个群体的一员而不被抛弃，就需要使用大多数人在用的语言。而其他语言被视为一种负担或麻烦，而非一种有价值的文化和信仰的纽带。

非常“小”的语种，很多已经处于消失的边缘，或者已经消失，如西伯利亚的托发语（Tofa），目前大约只有 30 个人会使用；阿根廷的维莱拉语（Vilela），只有两个人会说了；华盛顿州的印第安人部落的马卡语（Makah），即使会说的人，对它也是一知半解，并且很多人把它当成第二语言在学习。当然，成长在使用濒临失传语言如托发语或维莱拉语的家庭的孩子，还将面临适应大语种的压力，如俄罗斯语、西班牙语，这比我儿子这种英德双语儿童面临的压力大得多。孩子们拒绝使用即将消失的语言，也就推动这种语言朝着消失的方向又进了一步；对于德语这种在孩子的成长过程中不作为主要语言的语种，孩子们拒绝使用它，充其量不过是让家庭成员感到不开心。然而从孩子们的角度来说，拒绝使用哪种语言的动机都一样，因为人类会本能地追求与周围环境保持一致，这样做意味着效率和机会。

要尽可能地保护濒临消失的语言的第二个原因，至少在它们消失前完成对其的记录（作为一名语言学家，这观点和我个人有点关系），这里所说的是任何语言，无论多“小”，都会帮我们了解人类大脑如何组织信息，特别是如何构建语言的。目前全球 80% 的人口使用前 83 种“大”语种，如果语言学家的理论基于这些语言，而不考虑其他 20% 人口所使用的 6917 种语言（事实上，其中 3500 种语言在全世界范围内只有 0.2% 的人群使用），那些罕见但确实存在的语言结构（语言模式、构词方式、句子的可能语序等）都必将被忽略。这些罕见的语言结构如果被发现，很可能可以用来反驳一些看似完善的理论假设。

当涉及语序类型学，例如英语和意大利语，语序是主语—谓语—宾语（SVO）结构，而日语和土耳其语，则是主语—宾语—谓语（SOV）结构。还有一些不常见但也不会让语言学家感到奇怪的语序是谓语—主语—宾语（见于爱尔兰语）、谓语—宾语—主语（见于太平洋中南诸岛的马尔加什语）。然而，如果没有研究过濒临消失的语言，恐怕你根本没听说过有的语言会将宾语放在首位，这非常罕见。比如乌拉尼那（Urarina）语，目前只有生活在秘鲁亚马孙丛林中的不到 3000 人还在使用这种语言，这种语言的语序是宾语—谓语—主语，这就提供了证据，来反驳不存在宾语优先的语言的理论。

比较容易跟语言结构相关联的一个例子，可能是数字系统。例如英语的数字系统，当你数到一个很大的数字时，英语是如何组织和表达这个数字呢？在你数到大于 10 的数字前，代表数字的单词都不会重复，从 1 到 10 有十个与之对应的单词。当我们继续往下数时，只有 11、12 有对应的单词，然后就只是简单地将数字 10，加上九个个位数中的一个，一起组成新词，3+10（13），4+10（14），5+10（15），等等。20、30、40 等单词也是基于代表个位数字的单词演化来的（twen-ty，thir-ty，for-ty，等等）。对于两位数整数之间的数字，我们再次加上个位数 1—9 就可以组成新数字，20+1（21），20+2（20），20+3（23）等。这就是为什么我们说英语数字系统是一个十进制系统。如果你会说法语，你可能会注意到，用法语表达 70、80、90 等数字时和英语有所区别。70 这个单词并不基于法语数字 7，而是表达为 60+10（70）。而数字 80，法语则转换为以 20 为基础，80 的单词表述为 4 × 20（80）。到了 90，又是一种新的表述方法，4 × 20+10（90）。

在纪录片《语言学家》中，我在斯沃斯莫尔学院的同事大卫 · 哈里森和他的研究伙伴格雷格 · 安德森，从印度的索拉语（Sora）的使用者那里收集到数据，发现这种语言表达数字时以 12 和 20 为基础，因而 93 被表述为 4 × 20+12+1。如果没有对这种濒临消失的小语种进行过研究，我们绝对想不到还有这种构成数字的方式。重点是，不同语言有各种各样的构建知识的方式，并由此形成语言能力，向我们展示人类的思维是如何运作的。在研究如何组织信息时，我们自身的语言能力常会蒙蔽自己，因此我们要依靠人类语言学（包括研究濒临消失的语言）来冒险破除之前的成见。

有人可能会说，小语种不应成为调查的焦点，因为几乎不可能通过它建立一个足够大的数据库并推导出可靠的结论。然而，对于每个说这种小语种的个体，也需要进行细致的研究，这可能导致对人类认知产生新的见解。我们需要努力找到人类认知的起点，每一点新信息都将有助于进一步建立或重新定向最初的发现。

第三个原因可能最吸引人眼球，无论我们是否正在以双语教育的方式培养孩子，无论我们是否是语言学家，保护濒临消失的语言都涉及一个令我们所有人感兴趣的问题。事实上，语言的消失和人类知识的侵蚀密切相关。正如大卫 · 哈里森令人信服地指出："数千年来，人类学习到的大多数如何在这个星球上兴旺繁衍的知识，都隐藏在濒临消失的语言中。在当前人口不断膨胀、已经对地球生态系统造成巨大压力的情况下，如果就这么让那些语言溜走，可能会危及我们的生存。"

语言如何隐藏关于人类的重要知识呢？尽管任何思想或概念都可以用任何语言来表达（参见第四章），但我们都知道，试图将一种语言翻译为另一种语言，可能需要使用不同的信息编码策略（参见第三章）。

在所谓的合成或曲折语言中，语法信息如人、数字、时态和大小写（主语、直接宾语、间接宾语等的标记）会通过词缀来表示，也就是说，作为词的一部分。而在所谓的分析或孤立语言中，这种语法信息通过独立的单词表达出来。例如，一个德语的使用者可以用三个词来表述下面的句子，而中文需要用六个字来表述。

Wir spielten Klavier.（德语）

we played piano.（英语）

我们弹钢琴了。（中文）

I plural play piano instrument completed.

第一人称复数的信息在德语中使用一个单独的词来表达，即代词 wir；但在中文里，第一人称代词“我”需要加上“们”才能表示复数。动词“play”的过去时态信息在德语中以单独的单词“spielten”表示，在这里，“t”是过去时态的词缀；但在中文里，动词“弹”并没有变化，完成时通过动作标记“了”来体现。

当然，语法信息作为知识，对人类生存并不是至关重要的。这是我们的心理语法的一部分，我们在小时候会下意识地学会它（见第一章），我在这里提到它是因为，正如语法信息的片段既可以和一个单词结合在一起，又可以用单独的词语来表达，一些词汇信息（不是纯粹的语法，而是内容）既可以用单个单词，又可以用多个单词组成一个完整的句子来表达。在南西伯利亚的萨扬山脉中，一些土著居民使用着一种叫 Todzhu 的语言，它是一种可以与托发语（Tofa）互通的语言，这种语言里某些关于驯鹿的独特单词，在英语中至少需要一句话来表述。例如，“家养的雄性驯鹿会在第一个交配季，即第二个秋季到第三个秋季里被阉割，即使没被阉割，也会被禁止交配”。在 Todzhu 语中会被简单地表达为“döngür”这个词。“在第一个秋天的交配季，家养的雌性驯鹿”

可以用“myndyzhak”这个词表示。使用 Todzhu 语的人是驯鹿牧民和猎人，常年在帐篷里露营。因此，他们自然能用有效的方法对不同的驯鹿进行分类。他们的语言中就包括驯鹿的名称，他们用这种方式将信息融入文字，关于如何在西伯利亚山脉的恶劣地形条件下生活、生存的重要信息，也就通过这样的方式编码成语言。人们可以通过观察这些人的行为来了解他们的生活方式和生存策略。但其实，记录他们的语言效率要高得多。只要知道驯鹿的几个名字，我们就能深入了解驯鹿的身体特点和其他特征，进而更有效率地开展驯鹿放牧。由于当地土著居民所使用的语言并没有文字书写体系，他们就将这些与居住地密切相关的信息植入语言，代代口头相传，因而这些知识在任何教科书或数据库中都找不到。如果下一代人认为古老的语言对现代社会毫无用处，那么这些被精心隐藏在当地古老语言中有关当地情况的重要知识，也就时日无多了。

因为驯鹿对大多数人来说没那么重要，那让我们再来看一个跟家庭关系密切的语言案例。想想表示亲属关系的英语单词“叔叔”（uncle），当我们想要区分他是妈妈这边的亲属还是爸爸这边的亲属时，我们需要说，这是妈妈的兄弟或爸爸的兄弟；而如果是法律意义上的叔叔（uncle in law），我们需要表述为，这是母亲姐妹的丈夫或爸爸姐妹的丈夫。事实上，我们能够区分各种不同类型的叔叔，幸好我们不需要经常这么区分，因为英语在这方面的效率不太高。而托发语则不同，他们对叔叔这个词并没有统称。上述各类型的叔叔都有自己的专属名词，因为亲属关系有着重要的社会意义。正如使用托发语的驯鹿捕猎者对不同种类状态的驯鹿都有独特的称呼，以便方便地区分它们一样，对于使用托发语的家庭来说，为错综复杂的家庭成员、亲属设立独特的称呼也很重要。

你可能听说过，关于雪，爱斯基摩语中有很多单词可以表述。在讨论这件事之前，我想指出，“爱斯基摩语”这个词本身就具有种族歧视的意味，一些人将很多不同种类的语言都归为爱斯基摩语。但这些语言本身又没有专门的词可以表示（包括尤皮克语和因纽特语），所以我在此只能用爱斯基摩语这个语言统称来指代。

我有两点要声明，其一是，爱斯基摩语中有很多关于雪的单词，这个说法是错误的，但另一个说法是真实的，并且与本章所提到的问题关系非常密切。

爱斯基摩语中关于雪的单词比其他语言多，这个说法并不正确（我等会儿会解释，其实这是真事，比如尤皮克语对冰就有大量不同的单词描述）。你能想象英语中有单词能描述出不同类型的雪么？雪微飘、小雪、冰雹、雨夹雪、雪泥……我想你还能说出很多，尤其是如果你住的地方特别多雪，或你经常参加冬季雪上运动，如滑冰和滑雪等。

同样错误的想法是，在每一种爱斯基摩语中，表示雪的各种单词都说明使用者能明白不同雪的区别，而其他语言的使用者却没法理解。第四章中已经提过，无论一种语言是用一个单词还是用一句话来表述一个概念，它的使用者都能明白这个概念。如果一种语言就某个概念没有独特的单词对应，只不过会让说这种语言的人在日常对话中的沟通效率低点罢了。

这么看来，爱斯基摩语中关于雪的单词的论述倒也正确。的确，爱斯基摩语中比我们日常使用的语种多了几个关于雪的单词，这在语言学上是很有趣且重要的。定期和严寒打交道的人，比生活在温暖地区的人多使用几个跟雪有关的专业术语，是很正常的事。这些对雪特别内行的人并不会说濒临消失的语言，他们生活在主流社会并不了解的生态系统中。隐藏在爱斯基摩语里关于雪的知识以及信息打包的方式，让语言学家能够深入了解各种爱斯基摩文化、生活方式以及生存策略。

在本次对爱斯基摩语的研究下结论时，我想按之前承诺的那样指出，尤皮克语中虽然没有特别多关于雪的单词，但却有很多关于海冰的词，确切地说，根据程度的不同，有 99 个单词可以描述海冰。为了让读者能对这些丰富的单词略知一二，我从中找了 3 个单词并列出定义以供观摩，他们都出自一本由两位尤皮克语使用者撰写的书。

Alqimiin：悬在冰层边缘的雪，是危险的地方。冰由积压的雪形成，通常在堤岸、悬崖或冰缘。它很薄或中空，或者底部是空的，通常会凸出并容易脱落。在上面行走很危险。如果你踩上了它，可能会掉进水里。

Maklukestaq：没有冰脊的固体冰。这种冰一般很光滑，表面也有一点点凹凸不平。当你在这种冰上拉船时，船甚至会在颠簸中移动。这种冰上最适合工作。

Nunaavalleq：任何海象在上面长期停留的浮冰。如果海象在这种冰面上待了五天或更长时间，冰面会因为它们的排泄物而看上去又黑又脏。

从这些定义中我们可以了解到，在尤皮克语中，有很多重要的文化常识就蕴藏在描述海冰的不同词汇中。例如，当和朋友、同事谈到海冰时，如果你能运用恰当的词汇，就可以高效地向他们传递信息：这块冰适合在上面行走还是工作。

为了让最具怀疑精神的读者相信，保持或至少记录、学习小语种是多么重要，我在本章末尾将引用另一位同事、《当语言消失时》一书的作者大卫·哈里森的话：

“依赖自然生存的社会，发展出种植、驯养、利用资源（如药用植物、鱼、驯鹿、月相、风相、水稻植株）的各种技术。虽然我们已经拥有了现代农业、实验室、日历和图书馆，但这并不意味着传统知识就过时了。相反，人口增长正使得地球的承载能力日益紧张，从而导致我们对传统知识的需求更加迫切。”

本章关键词

Language death　语言消亡

Language endangerment　语言濒危

understudied language　少数民族语言

延伸阅读

第一章

Berwick, R. 1985. *The acquisition of syntactic knowledge.* Cambridge, Mass.: MIT Press.

Bialystok, E., F. Craik, and M. Freedman. 2007. Bilingualism as a protection against the onset of symptoms of dementia. *Neuropsychologia* 45(2): 459-64.

Bialystok, E., F. Craik, R. Klein, and M. Viswanathan. 2004. Bilingualism, aging, and cognitive control: Evidence from the Simon task. *Psychology and Aging* 19: 290-303.

Bosch, L., and N. Sebastian-Galles. 2001. Evidence of early language discrimination abilities in infants from bilingual environments. Infancy 2(1): 29-49.

Brown, R. 1973. *A first language: The early stages.* Cambridge. Mass.: Harvard University Press.

Chomsky, N. 1975. *Reflections on language.* New York: Random House.

Clark, E. 1993. *The lexicon in acquisition.* New York: Cambridge University Press.

Guasti, M. T. 2002. *Language acquisition: The growth of grammar.* Cambridge, Mass.: MIT Press.

Heath, S. 1983. *Ways with words: Language, life, and work in communities and classrooms.* New York: Cambridge University Press.

Ingram, D. 1989. *First language acquisition: Method, description, and explanation.* New York: Cambridge University Press.

Lai, C., S. Fisher, J. Hurst, F. Vargha-Khadems, and A. Monaco. 2001. A fork head-domain gene is mutated in severe speech and language disorder. *Nature* 413: 519-23.

Language acquisition. http://www.facstaff.bucknell.edu/rbeard/acquisition.html (accessed May 3, 2009).

Locke, J. 1993. *The child's path to spoken language.* Cambridge, Mass.:Harvard University Press.

Pinker, S. 1984. *Language learnability and language development.* Harvard Cambridge, Mass.: University Press.

——. 1994. *The language instinct.* New York: Morrow.

——. Language acquisition. http://www.cogsci.soton.ac.uk/-harnad/Papers/Py104/pinker.langacq.html (accessed May3, 2009).

Saffran, J., A. Senghas, and J. Trueswell. 2001. The acquisition of language by children. http://www.pnas.org/content/98/23/12874.full(accessed May 3, 2009).

Slobin, D., ed. 1985-1992. *The crosslinguistic study of language acquisition.* 3 vols. Hillsdale, N.J.: Erlbaum.

Tufts University child and family web guide. Language development. http://www.cfw.tufts.edu/topic/4/78.htm (accessed May 3, 2009).

Wexler, K., and P. Culicover. 1980. *Formal principles of language acquisition.* Cambridge, Mass.: MIT Press.

第二章

Bach, Emmon. 1989. *Informal lectures on formal semantics.* Albany: SUNY Press.

Bergmann, A., K. Currie Hall, and S. M. Ross, eds. 2007. *Language files: Materials for an introduction to language and linguistics,* 10th ed. Columbus: Ohio State University Press.

Campbell, L. 2004. *Historical linguistics: An introduction,* 2nd ed. Cambridge, Mass.: MIT Press.

Carnie, A. 2006. Syntax: *A generative introduction,* 2nd ed. Oxford:Wiley-Blackwell.

Chomsky, N. 2006. http://www.chomsky.info/ (accessed May 3, 2009).

Field, J. 2003. *Psycholinguistics: A resource book for students.* London: Routledge.

Fromkin, V., R. Rodman, and N. Hyams. 2007. *An introduction to language,* 8th ed. Boston: Thomson Wadsworth.

Hurford, J., M. Studdert-Kennedy, and C. Knight, eds. 1998. *Approaches to the evolution of language: Social and cognitive bases.* New York: Cambridge University Press.

Jurafsky, D., and J. Martin. 2008. *Speech and language processing: An introduction to natural language processing, computational linguistics, and speech recognition,* 2nd ed. Upper Saddle River, N.J.: Prentice-Hall.

Morris, M. 2006. *An introduction to the philosophy of language.* New York: Cambridge University Press.

Wardhaugh, R. 2006. *An introduction to sociolinguistics.* London: Blackwell.

第三章

Further Reading

Bialystok, E., ed. 1991. *Language processing in bilingual children.* New York: Cambridge University Press.

Brown, H. D. 1994. *Principles of language learning and teaching,* 2nd ed. Englewood Cliffs, N.J.: Prentice Hall Regents.

de Groot, A., and J. Kroll. 1997. *Tutorials in bilingualism: Psycholinguistic perspectives.* Hillsdale, N.J.: Erlbaum.

Ellis, R. 1985. *Understanding second language acquisition.* New York: Oxford University Press.

——. 1994. *The study of second language acquisition.* New York: Oxford University Press.

Flynn, S., and W. O'Neil. 1988. *Linguistic theory in second language acquisition.* Dordrecht: Kluwer.

Gardner, R., and W. Lambert, eds. 1972. *Attitudes and motivation in second language learning.* Rowley, Mass.: Newbury.

Hakuta, K. 1986. *Mirror of language: The debate on bilingualism.* New York: Basic Books.

Krashen, S. 1981. *Second language acquisition and second language learning.* Oxford: Pergamon.

Language acquisition. http://earthrenewal.org/secondlang.htm (May 3, 2009).

McLaughlin, B. 1987. *Theories of second language learning.* London: Arnold.

Schulte, R., and J. Biguenet, eds. 1992. *Theories of transtation.* Chicago: University of Chicago Press.

Second language acquisition and children with visual and hearing impairments. http://www.tsbvi.edu/Outreach/seehear/spring00/secondlanguage.htm (accessed May 3, 2009).

Skehan, P. 1989. *Individual differences in second-language learning.* London: Arnold.

Tharp, R. G., and R. Gallimore. 1988. *Rousing minds to life: Teaching,learning, and school in social context.* New York: Cambridge University Press.

White, L. 1990. *Universal grammar and second language acquisition.* Amsterdam: Benjamins.

Further Reading on Translation

Bell, R., and C. Candin. 1991. *Translation and translating: Theory and practice.* Boston: Addison Wesley Longman.

Hatim, B., and I. Mason. 1990. *Discourse and the translator.* New York: Longman.

Larson, M. 1999. *Meaning-based translation: A guide to cross-language equivalence.* Lanham, Md.: University Press of America.

Newmark, P. 1991. *About translation.* Philadelphia: Multilingual Matters.

Shuttleworth, M., and M. Cowie. 1997. *Dictionary of translation studies.* Manchester, Eng.: St. Jerome.

第四章

Carruthers, P., and J. Boucher, eds. 1998. *Language and thought: Interdisciplinary themes.* New York: Cambridge University Press.

Chomsky, N., and R. Anshen. 1995. *Language and thought.* Wakefield,R.I.: Moyer Bell.

Fauconnier, G. 1997. *Mappings in thought and language.* New York: Cambridge

University Press.

Gauker, C. 1994. *An essay on the relation between thought and language.* Princeton: Princeton University Press.

Gumperz, J., and S. Levinson, eds. 1996. *Rethinking linguistic relativity*. New York: Cambridge University Press.

Li, P., and L. Gleitman. 2002. Turning the tables: Language and spatial reasoning. Cognition 83: 265-94.

Papafragou, A., C. Massey, and L. Gleitman. 2002. Shake, rattle 'n' roll: The representation of motion in language and cognition. *Cognition* 84: 189-219.

Stanford Encyclopedia of Philosophy. The language of thoug hthypothesis. http://plato.stanford.edu/entries/language-thought/ (accessed May 3, 2009).

Vygotsky, L., and A. Kozulin. 1986. *Thought and language.* Cambridge, Mass.: MIT Press.

第五章

American Sign Language Browser. http://comrntechlab.msu.edu/sites/aslweb/browser. htm (accessecl May 3, 2009).

Aronoff, M., I. Meir, and W. Sandler. 2005. The paradox of sign language morphology. *Language* 81: 302-44.

Bornstein, H., ed, 1990, *From manual communication: Implications for education.* Washington, D. C.: Gallauder University Press.

Cohen, H. 1994. *Train go sorry: Inside a Deaf world,* Boston, Mass.: Houghton Mifflin.

Klima, E., U. Bellugi, and R. Battison. 1979. *The signs of language.* Cambridge, Mass.: Harvard University Press.

Kyle, J., and B. Woll, eds. 1983. *Language in sign.* London: Croom Helm.

——. 1985. Sign language: *The study of Deaf people and their language.* New York: Cambridge University Press.

Messing, C. 1999. *Gestures, speech, and sign.* New York: Oxford University Press.

Neidle, C., J. Kegl, D. MacLaughlin, B. Bahan, and R. Lee. 1999.

The syntax of American Sign Language: Functional categories and hierarchical structure. Cambridge, Mass.: MIT Press.

Newman, A., D. Bavelier, D. Corina, P. Jezzard, and H. J. Neville. 2002.A critical period for right hemisphere recrutment in American Sign Language processing. *Nature Neuroscience 5*: 76-60.

Stokoe, W. 1960. *Sign language structure: An outline of visual communication systems of the American Deaf.* Silver Spring, Md.: Linstok.

——. 1965. *A dictionary of American Sign Language on linguisticprinciples.* Silver Spring, Md.: Linstok.

Wilbur, R. 1979. *American Sign Language and sign systems.* Baltimore: University Park Press.

第六章

Alex Foundation. http://www.alexfoundation.org/ (accessed May 3, 2009).

Anderson, S. 2004. Doctor *Dolittle's delusion: Animals and the uniqueness of human Language.* New Haven: Yale University Press.

Armstrong, E. 1973. A study of bird song. New York: Dover.

Balda, R., I. Pepperberg, and A. Kamil, eds. 1998. *Animal cognition in nature: The convergence of Psychology and biology laboratory and field.* San Diego: Academic

Press.

Bekoff, M., and D. Jamieson. 1996. *Readings in animal cognition.* Cambridge, Mass.: MIT Press.

Bertram, B. 1978. *Pride of lions.* New York: Scribrier.

Brainard, M. S. and A. J. Doupe. 2000. Auditory feedback in learning and maintenance of vocal behavior. *Nature Reviews Neuroscience* 1 (1): 31-40.

Bright, M. 1984. *Animal language. Ithaca,* N.Y.: Cornell University Press.

Davies, G. 2001. Bird brains. http://www.pbs.org/lifeofbirds/brain(accessed May 3, 2009).

De Luce, J., and H. Wilder, eds. 1983. *Language in primates: Perspectives and implications.* New York: Springer.

Findlay, M. 1998. *Language and communication: A cross-cultura lencyclopedia.* Denver: ABC-CLIO.

Frisch, K. von. 1971. *Bees: Their vision, chemical senses , and language.* Ithaca: Cornell University Press.

Gorilla Foundation. Gorilla intelligence and behavior. http://www.gorilla.org/world/ (accessed May 3, 2009).

Griffin, D. 1984. *Animal thinking*. Cambridge, Mass.: Harvard University Press.

Jellis, R. 1977. *Bird sounds and their meaning*. London: British Broadcasting Corporation.

Margoliash, D. 1983. Acoustic parameters underlying the response ofsongspecific neurons in the white-crowned sparrow: *Journal of Neuroscience* 3 (5): 1039-1057.

Marler, P. 1980. Birdsong and speech development: Could there be parallels? *American Scientist* 58: 669-73.

Morton, E., and J. Page. 1992. *Animal talk: Science and the voices of narure.*

New York: Random House.

Pinker, S. 1994. *The language instinct: How the mind creates language.* New York: Morrow.

Rogers, L., and G. Kaplan. 2000. *Songs, roars, and rituals: Communication in birds, mammals, and other animals.* Cambridge, Mass.: Harvard University Press.

Savage-Rumbaugh, S. 1986. *Ape language: From conditioned response to symbol.* New York: Columbia University Press.

——, S. Shanker, and T. Taylor. 1998. *Apes, language, and the human mind.* New York: Oxford University Press.

Sebeok, T.,ed. 1968. *Animal communication: Techniques of study and results of research.* Bloomington: Indiana University Press.

——. 1977. How animals communicate. Bloomington: Indiana University Press.

——, and R. Rosenthal, eds. 1981. *The clever Hans phenomenon: Communication with horses, whales, apes, and people.* New York: New York Academy of Sciences.

Seyfarth, R. M., D.L Cheney, and P. Marler. 1980. Monkey responses to three different alarm calls: evidence of predator classification and semantic communication, *Science* 210 (4471): 801-803.

Snowdon, C., and M. Hausberger, eds. 1997. *Social influences on vocal development.* New York: Cambridge University Press.

第七章

Deep Blue. http://www.research.ibm.com/deepblue/meet/html/d.3.html (accessed May 3, 2009).

Harley, T. A. 2008. *The psychology of language: From data to theory,* 3rd ed. New York: Psychology Press.

IEEE International Workshop on Robot and Human Interactive Communication Proceedings. 2000. New York: Institute of Electrical and Electronics Engineers.

Jurafsky, D., and J. H. Martin. 2000. *Speech and language processing: An introduction to natural language processing, computational linguistics, and speech recognition.* Upper Saddle River, NJ.: Prentice Hall.

McCarthy, J. 2007. What is artificial intelligence?

http:/www-formal.stanford.edu/jmc/whatisai/whatisai.html (accessed May 3, 2009).

Meeden, L. Developmental robotics. http://www.cs.swarthmore.edu/program/research/meeden.html (accessed May 3, 2009).

Neural information processing systems. http://nips.djvuzone.org/index.html (accessed May 3, 2009).

Sixth International Conference on Neural Information Processing. 1999. *Minds and machines: Journal for artificial intelligence, philosophy, and cognitive science.* Norwell, Mass.: Kluwer Academic.

Smith, G. 1991. *Computers and human language.* New York: Oxford University Press.

第八章

Puther Readingu on Variation

Andersson, L. G., and P. Trudgill. 1990. *Bad language.* Cambridge: Blackwell.

Ash, S. 2003. A national survey of North American dialects. In D. Preston, ed., *Needed research in American dialects.* Durham, N.C.: American Dialect Society, Duke University Press.

Baron, D. 1994. *Guide to home language repair.* Champaign, III.: National Council of Teachers of English.

Baugh, J. 1999. *Out of the mouths of slaves.* Austin: University of Texas Press.

Biber, D., and E. Finegan. 1997. *Sociolinguistic perspectives on register.* New York: Oxford University Press.

Cameron, D. 1995. *Verbal hygiene.* London: Routledge.

Carver, C. 1989. *American regional dialects : A word geography.* Ann Arbor: University of Michigan Press.

Coulmas, F 1998. *Handbook of sociolinguistics.* Cambridge: Blackwell.

Fasold, R. 1984. *The sociolinguistics of society.* New York: Blackwell.

Finegan, E. 1980. *Attitudes toward language usage.* New York: Teacher College Press.

Fishman, J. 1968. *Readings in the sociology of language.* Paris: Mouton

Herman, L. H., and M. S. Herman. 1947. *Manual of American dialects for radio, stage, screen, and television.* New York: Ziff Davis.

Hock, H., and B. Joseph. 1996. *An introduction to historical and comparative linguistics.* Berlin: de Gruyter.

Labov, W. 1972. *The logic of nonstandard English in language and social context: Selected readings.* Comp. Pier Paolo Giglioli. Baltimore: Penguin.

——. 1972. *Sociolinguistic patterns.* Philadelphia: University of Pennsylvania Press.

——. 1987. How I got into linguistics, and what I got out of it. http://www.ling.upenn.edu/~labov/Papers/Howlgot.html (accessed May3, 2009).

——. 1995. Can reading failure be reversed? A linguistic approach to the question. In V. Gadsden and D. Wagner, eds., *Literacy among African-American youth: Issues in learning, teaching, and schooling, 39-68.* Cresskill, N.J.: Hampton.

——. S. Ash, and C. Boberg, eds. 2005. *Atlas of North American English: Phonetics, phonology, and sound change.* Berlin: de Gruyter.

LeClerc, F, B. H. Schmitt, and L. Dube. 1994. Foreign branding and its effects on product perceptions and attitudes. *Journal of Marketing Research* 31 (May): 263-70.

Lippi-Green, R. 1997. *English with an accent.* New York: Routledge.

McCrum, R., W. Cran, and R. MacNeil. 1986. *The story of English.* New York: Viking Penguin.

Millward, C. M. 1989. *A biography of the English language.* Orlando: Holt, Rinehart, and Winston.

Milroy, J., and L. Milroy. 1991. *Authority in language,* 2nd ed. London: Routledge.

Moss, B., and K. Walters. 1993. Rethinking diversity: Axes of difference in the writing classroom. In L. Odell, ed., *Theory and practice in the teaching of writing: Rethinking the discipline.* Carbondale: Southern Illinois University Press.

Peyton, J.,D.Ranard, and S. McGinnis, eds. 2001. *Heritage languages in America: Preserving a national resource.* Washington, D.C. : Center for Applied Linguistics and Delta Systems.

Romaine, S. 1994. *Language in society: An introduction to sociolinguistics.* New York: Oxford University Press.

Scherer, K., and H. Gites, eds. 1979. *Social markers in speech.* New York: Cambridge University Press.

Seligman, C. R., G. R. Tucker, and W. Lambert. 1972. *The effects of speech style and other attributes on teachers' attitudes toward pupils. Language and Society* 1: 131-42.

Simpson, J. 2005. *The Oxford dictionary of modern slang.* New York: Oxford University Press.

Telsur Project. Linguistics laboratory, University of Pennsylvania. http//www.

ling.upenn.edu/phono_atlas/home.html (accessed May 3, 2009) .

Trask, R. 1. 1994. *Language change.* London: Routledge.

Trudgill, P., J. K. Chambers, and N. Schilling-Estes, eds. 2002. *The handbook of language variation and change.* Malden, Mass.: Blackwell.

Weinreich, U. [1953] 1968. *Languages in contact: Findings and problems.* The Hague: Mouton.

Wolfram, W. 1991. *Dialects and American English.* Englewood Cliffs, NJ.: Prentice Hall.

——, and N. Schilling-Estes. 1998. *American English: Dialects and variation.* Oxford: Blackwell.

Wolfram, W., and B. Ward, eds. 2006. *American voices: How dialects differ from coast to coast.* Oxford: Blackwell.

Further Reading on Ebonics

Adger, C. 1994. Enhancing the delivery of services to back special education students from nonstandard English backgrounds. Final report. University of Maryland, Institute for the Study of Exceptional Children and Youth. (Available through ERIC Document Reproduction Service [EDRS]. Document no. ED 370 377.)

Adger, C., D, Christian, and O. Taylor. 1999. *Making the connection: Language and academic achievement among African American students.* Washington, D.C.: Center for Applied Linguistics and Delta Systems.

Adger, C., W. Wolfram, and J. Dctwyler. 1993. Language differences: A new approach for special educators. *Teaching Exceptional Children* 26(1): 44-47.

Adger, C., W. Wolfram, J. Detwyler, and B. Harry. 1993. Confronting: dialect minority issues in special education: Reactive and proactive perspectives. *In Proceedings of the Third National Research Symposium on Limited English Proficient*

Student Issue: Focus on Middle and High School Issues 2: 737-62. U.S. Department of Education, Office of Bilingual Education and Minority Languages Affairs. (Available through ERIC Document Reproduction Service. Document no. ED 356 673.)

Baratz, J. C., and R. W. Shuy, eds. 1969. Teaching black children to read. Available as reprints from the University of Michigan-Ann Arbor (313-761-4700).

Baugh, J. 2000. *Beyond Ebonics.* New York: Oxford University Press.

Christian, D. 1997. Vernacular dialects and standard American English in the classroom. ERIC Minibib. Washington, D.C.:ERIC Clearinghouse on Languages and Linguistics. (This minibibliography cites seven journal articles and eight documents related to dialect usage in the classroom. The documents can be accessed on microfiche at any institution with the ERIC collection, or they can be ordered directly from EDRS.)

Dillard, J.L. 1972. *Black English: Its history and use in the U.S.* New York: Random House.

Fasold, R. W. 1972. Tense marking in black English: A linguistic and social analysis. Available as reprints from the University of Michigan-Ann Arbor (313-761-4700).

Fasold, R. W., and R. W. Shuy, eds. 1970. *Teaching standard English in the inner city.* Washington, D.C.: Center for Applied Linguistics.

Green, L. 2002. African American English: A linguistic introduction. New York: Cambridge University Press.

Pullum, Geoffrey. 2007. Language that dare not speak its name. Currents. University of California, Santa Cruz. http://www.ucsc.edu/oncampus/currents/97-03-31/ebonics.htm (accessed December 2, 2009).

Wiley, T. G. 1996. The case of African American language. *In Literacy and language diversity in the United States,* 125-32. Washington, D. C.: Center for Applied

Linguistics and Delta Systems.

Wolfram, W. 1969. A sociolinguistic description of Detroit Negro speech. Available as reprints from the University of Michigan-Ann Arbor (313-761-4700).

——. 1990 (February). Incorporating dialect study into the languagearts class. *ERIC Digest.* Available from the ERIC Clearinghouse on Languages and Linguistics, Center for Applied Linguistics, 4646 40th Street NW, Washington, D.C. 20016-1859 (telephone202-362-0700).

——. 1994. Bidialectal literacy in the United States. In D. Spener, ed., *Adult biliteracy in the United States,* 71-88. Washington, D.C.: Center for Applied Linguistics and Delta Systems.

——, and C. Adger. 1993. *Handbook on language differences and speechand language pathology: Baltimore City public schools.* Washington, D.C.: Center for Applied Linguistics.

——, and D. Christian. 1999. Dialects in schools and communities. Mahwah, N.J.: Erlbaum.

Wolfram, W., and N. Clarke, eds. 1971. *Black-white speech relationships.*Washington, D.C.: Center for Applied Linguistics.

第九章

Appel, R., and P. Muysken. 1987. *Language contact and bilingualism.* London: Arnold.

Arends, J., P. Muysken, and N. Smith, eds. 1995. *Pidgins and creoles: An introduction.* Amsterdam: Benjamins.

Bickerton, D. 1981. *Roots of language.* Ann Arbor: Karoma.

Cable, G. W. [1884] 1970. *The creoles of Louisiana.* New York: Scribner's

Görlach, M. 1991. *Englishes: Studies in varieties of English 1984–1988*.Amsterdam: Benjamins.

Gynan, S. Pidgins and creoles. http://www.ac.wwu.edu/-sngynan/slx3.html (accessed May 3, 2009).

Hartman, J. 1998. Words & stuff: cc: pidgin carriers. http://www.kith.org/logos/words/upper2/CCreole.html (accessed May 3, 2009).

Holm, J. 1988-1989. *Pidgins and creoles,* 2 vol. Cambridge: Cambridge University Press.

——. 2000. An introduction to pidgins and creoles. Cambridge: Cambridge University Press.

Krelerak/Creoles. Available at: http://www.geocities.com/Athens/9479/kreole.html (accessed May 3, 2009).

Myers-Scotton, C. 1993. *Social motivations for codeswitching: Evidence from Africa.* Oxford: Clarendon.

Numbers in pidgins, creoles, and constructed languages. http://www.zompist.com/last.htm (accessed May 3, 2009).

Post-contact languages of western Australia. http://coombs.anu.edu.au/WWWVLPages/AborigPages/LANG/WA/4-7.htm (accessedMay 3, 2009).

Romaine, S. 1988. *Pidgin and creole languages.* New York: Longman.

——. 1989. *Bilingualism.* Oxford: Blackwell.

——. 1994 *Language in society.* New York: Oxford University Press.

Sebba, M. 1997. *Contact languages: Pidgins and creoles.* New York: St. Martin's.

Thomason, S., and T. Kaufmann. 1988. *Language contact, creolization, and genetic linguistics.* Berkeley: University of California Press.

Todd, L. 1990. *Pidgins and creoles.* London: Routledge.

Weinreich, U. 1953. *Languages in contact: Findings and problems,* 2nd ed. The Hague: Mouton.

Winford, D. 2003. An introduction to contact linguistics (Language in society). Malden, Mass.: Blackwell.

第十章

Coates, J. 1993. *Women, men, and language.* New York: Longman.

Coates, J. ed. 1998. *Language and gender: A reader.* Oxford; Blackwell.

——, and D. Cameron, eds. 1989. *Women in their speech communities.* New York: Longman.

DeFrancisco, V. 1991. The sounds of silence: How men silence women in marital relations, Discourse and Society 2(4): 413-423.

Eckert, P. 1989. The whole woman: Sex and gender differences in variation. *Language Variation and Change* 1: 245-67.

Hall, K., and M. Bucholtz, eds. 1995. *Gender articulated: Language and the socially constructed self.* New York: Routledge.

Labov, W. 1990. The intersection of sex and social class in the course of linguistic change. *Language Variation and Change* 2: 205-54.

Lakoff, R. 1990. *Talking power: The politics of language in our lives.* New York: Basic Books.

McCay, S. L., and N. H. Hornberger, eds. 1996. *Sociolinguistics and language teaching.* New York: Cambridge University Press.

Ogawa, N., and J. Shabamoto Smith. 1997. The gendering of the gay male sex class: A preliminary case study based on Rasen no Sobyō. In A. Livia and K. Hall, eds., Queerly phrased: Language, gender, and sexuality, 402-15. New York: Oxford

University Press.

Okamoto, S., and J. Shibamoto Smith. 2004. Japanese language, gender, and ideology. Oxford: Oxford University Press.

Tannen, D. 1990. *You just don't understand: Women and men in conversation.* New York: Ballantine.

——, ed. 1993. *Gender and conversational interaction.* New York: Oxford University Press.

Thorne, B., C. Kramarac, and N. Henley, eds. 1992. *Language, gender, and society.* Rowley, Mass.: Newbury House.

第十一章

Daniels, P., and W. Bright, eds. 1996. *The world's writing systems.* New York: Oxford University Press.

Diringer, D. 1948. *The alphabet: A key to the history of mankind.* New York: Philosophical Library.

Eszett, D. German spelling reform and double-s words. http://german.about.com/homework/german/library/weekly/aa092898.htm (accessed May 3, 2009).

Gaur, A. 1984. *A history of writing.* London: British Library

第十二章

Ambert, A. N., ed. 1988. Bilingual education and English as a second language: A research handbook, 1986-1988. New York: Garland.

August, D., and T Shanahan, eds. 2006. *Developing literacy in second-language learners: Report of the National Literacy Panel on Language-minority Children and Youth.* Mahwah, NJ.: Erlbaum.

Baker, C., and S. P. Jones, eds. 1998. *Encyclopedia of bilingualism and bilingual education.* Philadelphia: Multilingual Matters.

Boulet, J. Jr. 2000. Clinton's tower of babble. http://www.nationalreview.com/comment/comment082300b.shtml (accessed May 3, 2009).

Cenoz, J., and F. Genesee, eds. 1998. *Beyond bilingualism: Multilingualism and multilingual education.* Philadelphia: Multilingual Matters.

Cummins, J. 1989. *Empowering minority students.* Sacramento: California Association for Bilingual Education.

Dutcher, N. 1994. *The use of first and second languages in education: A review of educational experience.* In collaboration with G. R. Tucker. Washington, D.C.: World Bank, East Asia and the Pacific Region, Country Department III.

English First. 1993. Response to questions from Senator Alan K. Simpson. U.S. Senate Committee on the Judiciary. Voting Rights Act language assistance amendments of 1992 hearing, February 26, 1992, 138-59. Washington, D.C.: U.S. Government Printing Office.

Enright, S., and M. McCloskey. 1988. *Integrating English: Developing English language and literacy in the multilingual classroom.* Reading, Mass.: Addison-Wesley.

Fisher, J. and P. Mattiacci. 2008. Civil rights in Deaf education: Working toward empowering Deaf students and their parents. In D. DeLuca,I. W. Leigh, K. A. Lindgren, and D. J. Napoli (eds.) *Access: Multipleavenues for deaf people,* 75-98. Washington, D. C.: Gallaudet University Press.

Frederickson, J., ed. 1995. *Reclaiming our voices: Bilingual education, critical pedagogy, and praxis.* Ontario: California Association for Bilingual Education.

Freeman, Y., and D. Freeman. 1992. *Whole language for second language learners.* Portsmouth, N.H.: Heinemann.

Garcia, E. 1994. *Understanding and meeting the challenge of student cultural diversity.* Boston: Houghton Mifflin.

Genesee, F. 1987. *Learning through two languages: Studies of immersion and bilingual education.* Cambridge, Mass.: Newburv House.

——, ed. 1994. *Educating second language children: The whole child, the whole curriculum, the whole community.* New York: Cambridge University Press.

HIVdent (about HIV). http://www.hivdent.org (accessed May 3, 2009).

Nussbaum, D., R. LaPorta, and J. Hinger, eds. 2002. *Cochlear implants and sign language: Putting it all together.* April 11-12, 2002, Conference Proceedings. Laurent Clerc National Deaf Education Center, Gallaudet University. http://clerccenter.gallaudet.edu/ciec/conference-proceedings.html (accessed July 25, 2008).

Oakes, J. 1985. *Keeping track: How schools structure inequality.* New, Haven, Conn.: Yale University Press.

Stinson, M. 2008. Inclusion and the development of Deaf identity. In D. DeLuca, I. W. Leigh, K. A. Lindgren, and D. J. Napoli (eds.) *Access: Multiple avenues for deaf people,* 99-121 . Washington, D. C.: Gallaudet University Press.

Two-way immersion. http://www.cal.org/twi/BIB.htm (accessed May 3,2009).

Woodward, J. 1989. Some sociolinguistic aspects of French and American Sign Languages. In H. Lane and F Grosjean (eds.) *Recent perspectives on American Sign Language,* 103-118. Mahwah, NJ: Lawrence Erlbaum Associates.

Zuckerman, M. B. 1998. The facts of life in America. *U.S. News &World Report 1 (August 10): 68.*

第十三章

Allan, K., and K. Burridge. 1991. *Euphemism and dysphemism: Language used as shield and weapon.* New York: Oxford University Press.

Andersson, L., and P. Trudgill. 1990. *Bad language.* Oxford: Blackwell.

Beaver, D. 1997. Presupposition. In J. van Benthem and A. ter Meulen eds., *The handbook of logic and language,* 939-1008. Cambridge, Mass.: Elsevier/MIT Press.

Bolinger, D. 1980. *Language, the loaded weapon: The use and abuse of language today.* New York: Longman.

Grice, H. P. 1975. Logic and conversation. In P. Cole and J. Morgan,eds., *Syntax and semantics.* Vol. 3, Speech acts, 41-58. New York: Academic Press. Reprinted in H. P. Grice, ed., *Studies in the way of Words,* 22-40. Cambridge, Mass.: Harvard University Press, 1989.

Lakoff, G, 2004. *Don't think of an elephant: Know your values and frame the debate: The essential guide for progressives.* White River Junction, Vt.: Chelsea Green.

——. 2006. *Whose freedom? The battle over America's most important idea.* New York: Ferrar, Straus, and Giroux.

McEnery, T. 2006. *Swearing in English: Bad language, purity, and power from 1586 to the present.* London: Routledge.

Shuy, R. W. 2005. *Creative language crimes: How law enforcement uses (and misuses) language.* New York: Oxford University Press.

第十四章

Works Cited

Brown, J., and E. Stephens, eds. 2000. Creating a censorship simulation. ALAN Review 27(3): 27-30.

Celebrate banned books. 2000, Fall. *Authors Guild Bulletin,* 49.

Censorship News. 2000, Fall. National Coalition against Censorship Newsletter 79.

Chen, A. 2000, Fall. Know it when you see it? You can still see it on theInternet. *Authors Guild Bulletin,* 11.

Cormier, R. 1977. *I am the cheese.* New York: Laureleaf.

——. 1991. *The chocolate war.* New York: Laureleaf.

Fore, A. 2002, Summer. N.Y. Regents Exam examined. *Authors Guild Bulletin,* 65, 39.

Garden, Nancy. 1982. *Annie on my mind.* New York: Farrar, Straus, Giroux.

Greenberg Lott, J. 2001, February. The yin and yang of teaching creative writing. *Writer's Chronicle* 33(4):40-44.

Guterson, D. 1995. *Snow fallingon cedars.* New York: Vintage.

Hamilton, J. 1999. *A map of the world.* New York: Anchor.

Krishnaswami, U. 2000, November-December. Banned books: The case for getting involved. *Society of Children's Book Writers and Illustrators Bulletin,* 9.

Lee, Harper. 1995. *To kill a mockingbird.* New York: Harper Collins.

O'Brien, T. 1999. *The things they carried*, 69. New York: Broadway.

Rhodes, R. 2000. *Why they kill.* New York: Vintage.

Schiffrin, A. 2000. Self-censorship and the alternatives: The self-censorship of big publishers and their money. *Writer's Chronicle* 33(3): 50-56.

Silvery, A. 1995. *Children's books and their creators.* Boston: Houghton Mifflin.

Simmons, J. 2000. Middle schoolers and the right to read. *ALAN Review* 27(3): 45-49.

Further Reading

Brown, J. 1994. *Preserving intellectual freedom: Fighting censorship in our schools.* Urbana, III.: National Council of Teachers of English.

Davis, J., ed. 1979. *Dealing with censorship.* Urbana, III.: National Council of Teachers of English.

Journal of Youth Services in Libraries 13(2) (2000, Winter). Association for Library Service to Children.

Karolides, N., 1. Burress, and J. Kean, eds. 1993. *Censored books: Critical viewpoints.* Metuchen, N.J.: Scarecrow.

第十五章

Aissen, J. 2007. Saving endangered languages. http://review.ucsc.edu/fall07/Rev_F07_pp14-1 5_EndangeredLanguages.pdf (accessed March 15, 2009).

Brown, C. 1984. *Languages and living things: Uniformities in folk classification and naming.* New Brunswick, N.J.: Rutgers University Press.

Chung, S. 2008. How much can understudied languages really tell us about how languages work? Invited plenary lecture, Annual Meeting of the Linguistic Society of America. http://people,ucsc.edu/schung/chung_lsa2008.pdf (accessed March 15, 2009).

Corbett, G. 2001. Why linguists need languages, In L. Maffi, ed., *On biocultural diversity Linking language, knowledge, and the environment,* 82-94. Washington, D.C.: Smithsonian Institution Press.

Crystal, D. 2000. *Language death.* New York: Cambridge University Press.

Danzinger, E. 2005. The eye of the beholder: How linguistic categorization affects "natural" experience. In S. McKinnon and S. Silverman, eds., *Complexities: Beyond nature and nurture,* 64-80. Chicago: University of Chicago Press.

Dixon, R. 1997. *The rise and fall of languages.* New York: Cambridge University Press.

Dorian, N. 2002. Commentary: Broadening the rhetorical and descriptive horizons in endangered language linguistics. *Journal of Linguistic Anthropology* 12(2): 134-40.

Errington, J. 2003. Getting language rights: The rhetoric of language endangerment and loss. *American Anthropologist* 105(4): 723-32.

Fillmore, L. 1999. When learning a second language means losing the first. *Early Childhood Research Quarterly* 6: 323-46.

Fishman, J. 1982. Whorfianism of the third kind: Ethnolinguistic diversity as a worldwide societal asset. *Language in Society* 11: l-14.

Gordon, R., ed. 2005. *Ethnologue: Languages of the world*. Dallas: SIL International.

Grenoble, L., and L. Whaley. 2006. *Saving languages: An introduction to language revitalization.* New York: Cambridge University Press.

Grimes, B., ed. 2000. *Ethnology: Languages of the world*, 14th edition. Dallas: Summer Institute of Linguistics. http://www.ethnologue.com(accessed March 15, 2009).

Harrison, K. D. 2007. *When languages die*. New York: Oxford University Press.

Haspelmath, M., M. Dryer, D. Gil, and B. Comrie, eds. 2005. *The world atlas of language structures.* New York: Oxford University Press.

Hill, J. 2002. "Expert rherorics" in advocacy of endangered languages: Who is listening and what do they hear? *Journal of Linguistic Anthropology* 12(2): 119-33.

Hinton, L. 2001. The use of linguistic archives in language revitalization. In L. Hinton and K. Hale, eds., *The green book of languager evitalization in practice*, 419-23. San Diego: Academic Press.

Krauss, M. 1991. The world's languages in crisis. *Language* 68(1): 4-10.

Ladefoged, P. 1992. Another view of endangered languages. *Language* 68(4): 809-11.

Living Tongues Institute for Endangered Languages. http://www.livingtongues.org (accessed March 2009).

Nettle, D., and S. Romaine. 2000. V*anishing voices: The extinction of the world's* languages. New York: Oxford University Press.

Nonaka, A. 2004. Sign Ianguages: The forgotten endangered Ianguages: Lessons on the importance of remembering. *Language in Society* 33(05): 737-67.

Oozeva, C., C. Noongwook, G. Noongwook, C. Alowa, and l. Krupnik.2004. Watching ice and weather our way / Akulki, Tapghaghmii, Mangtaaquli, Sunqaanga, Igor Krupnik. *Sikumengllu eslamengllu esghapallenghput*, ed. I. Krupnik, H. Huntington, C. Koonooka, and G. Noongwook. Washington, D.C.: Arctic Stuidies Center, Smithsonian Institution.

Shaw, P. 2001. Language and identity, language and the land. *British Columbia Studies* 131: 39-55.

Sutherland, W. 2003. Parallel extinction risk and global distribution of languages and species. Nature 423: 276-79.

Whalen, D. 2004. How the study of endangered languages will revolutionize linguistics. In Piet van Sterkenberg, ed., *Linguistics today: Facing a greater challenge*, 321-42. Amsterdam: Benjamins.